De cara para o futuro

© Raimundo Matos de Leão, 2006

COORDENAÇÃO EDITORIAL Malu Rangel e Graziela Ribeiro dos Santos
PREPARAÇÃO Laura Bacellar
REVISÃO Marcia Menin
REDAÇÃO "QUER SABER?" Simone Iwasso

EDIÇÃO DE ARTE Natalia Zapella e Laura Daviña
ICONOGRAFIA [PESQUISA] Denise Durand Kremer
PRODUÇÃO INDUSTRIAL Alexander Maeda
IMPRESSÃO PifferPrint

Dados internacionais de Catalogação na Publicação (CIP)
(Câmara Brasileira do Livro, SP, Brasil)

Leão, Raimundo Matos de
    De cara para o futuro / Raimundo Matos de Leão ; Massarani.
— ilustrações Vincenzo Scarpellini. — 2. ed. — São Paulo : Edições
SM, 2016.

ISBN 978-85-418-1627-4

1. Literatura infantojuvenil I. Scarpellini, Vincenzo. II. Título.

16-06637 CDD-028.5

Índices para catálogo sistemático:

1. Literatura infantojuvenil 028.5
2. Literatura juvenil 028.5

2ª edição outubro de 2016

5ª impressão 2025

Todos os direitos reservados a
Edições SM
Avenida Paulista 1842 – 18°Andar, cj. 185, 186 e 187 – Cetenco Plaza
Bela Vista 01310-945 São Paulo SP Brasil
Tel. (11) 2111-7400
atendimento@grupo-sm.com
www.smeducacao.com.br

De cara para o futuro

Raimundo Matos de Leão

ILUSTRAÇÕES
Vincenzo Scarpellini

Sumário

O pai 9

A mãe 17

O amigo 27

A professora 37

A turma 45

O cunhado 55

A bibliotecária... 65

A irmã 75

O primo 83

A garota 91

O padre 101

O viajante 109

O delegado 117

A namorada 127

O padrinho 137

O irmão 147

A estrada 157

Quer saber? 167

Se lembra do futuro
Que a gente combinou
Eu era tão criança e ainda sou
Querendo acreditar
Que o dia vai raiar
Só porque uma cantiga anunciou

Maninha, Chico Buarque

Em memória dos meus pais, Ester e Roque,
por tudo que um dia me deram.
Para Zédinha, que iluminou, sorrindo, a minha infância.

O pai

Desde que o enterro saíra, Gabriel estava com vontade de urinar, mas nada fizera para esvaziar a bexiga dolorida. Concentrado na dor incômoda, tentava de todas as formas esconder o que mais doía: o sofrimento causado pela morte do pai. Tenso, o garoto seguia o cortejo, olhos vazios, secos.

O percurso entre a igreja e o cemitério era longo. O sol escaldante tornava a caminhada lenta. Durante o trajeto, vários amigos da família revezaram-se e o caixão passou de mão em mão. Gabriel não teve vontade de conduzir o corpo do pai. Gilca, sua irmã, guiada pelos conselhos do marido, cochichou:

— Acho melhor você pegar na alça do caixão! Imagine o que não vão falar! Vai, menino, pega!

Gilca insistia para que o irmão tomasse uma atitude. Mas os pensamentos do garoto giravam em torno de outras preocupações: controlar a vontade de urinar para não fazer feio e conter a raiva por sentir-se alvo da piedade dos outros. Bastava o desamparo da orfandade.

Assim que o cortejo atravessou o portão do cemitério, Gabriel se afastou sob os olhares reprovadores das amigas de sua mãe. Andou por entre as sepulturas caiadas. O cheiro dos cravos-de-defunto entrava nariz adentro, deixando-o enjoado. Em meio à terra seca, eram as únicas flores a colorir as covas rasas, destacando-se das cruzes pintadas de azul desbotadas pelo tempo. As falsas carpideiras, balançando a cabeça num gesto de desânimo, vaticinavam sobre seu destino.

Escondido atrás de um mausoléu, Gabriel aliviou a bexiga, fazendo desenhos com a urina na parede mofada. As flores de uma coroa funerária, ainda com seus amarelos e roxos esmaecidos, fizeram-no recordar a decoração da sala de projeção do Cine Teatro Odeon, construído por seu pai. Como não podia colocar plantas na sala sem luz natural, ele inventara umas folhagens feitas de folhas-de-flandres, aquelas folhas metálicas, para decorá-la. As de plástico ainda não tinham aparecido na cidadezinha. As de papel crepom ou tecido, sugestão feita pela esposa, ele descartara. Rindo, dissera que elas desbotavam. Eram para enfeitar casa de caipiras.

Embora estivesse com vontade de se ver aliviado, o garoto urinou devagar. Era uma forma de se manter afastado por mais tempo dos discursos à beira do túmulo. "Não vão faltar belas palavras, todas ocas! De que adiantam as frases feitas, os elogios, se nos últimos tempos papai viveu esquecido pelos amigos e correligionários?" Gabriel não se esquecera das reclamações do pai, acusando os amigos de injustiça. Eles tinham usado de influência nos altos escalões do governo e, por meio de intrigas, provocado diversas

vezes sua transferência para cidades distantes, causando transtornos para a família.

Gabriel encheu a boca de cuspe, jogando-o com vontade sobre o reboco do mausoléu. Fiapos de palavras vinham com o vento. Aquele tom monocórdio da falação o deixava aflito. Já tinham sido tantos os discursos que ouvira até aquela idade que boas e bem-intencionadas palavras não lhe diziam mais nada! Todas as vezes que ouvia um discurso, sentia agonia. Um bolo subindo da barriga, parando entre as costelas, uma sensação incômoda. Respirou fundo. Ao ouvir a voz de um vereador, teve vontade de ir lá esmurrá-lo. Não gostava daqueles políticos. Por mais que o pai se orgulhasse da imagem em que estava com o filho no colo, numa foto ao lado do governador do Estado, ele não conseguia se envolver nas campanhas políticas que dividiam a cidade em brigas e xingamentos.

Acendeu um cigarro, desencadeando um acesso de tosse. Porcaria! Mesmo achando horrível, tentava tragar a fumaça. A maioria dos amigos de Gabriel fumava. Ele, por medo de ser considerado menos macho, fazia das tripas coração para suportar o ardor e a náusea provocada pelo Continental. O mal--estar resultante do cigarro não afastou a lembrança da foto. A imagem continuava nas suas retinas: lá também estavam Gilca entregando flores para o governador, amigo pessoal do pai, e seu irmão mais velho, distraído, como se estivesse noutro lugar.

E Ulisses, por onde andaria?

A pergunta rodopiou no seu cérebro e ficou sem resposta. Na verdade, a questão já fazia parte da sua vida. Havia muitos anos pensava no irmão e não tinha idéia do seu paradeiro.

Mas, naquelas últimas horas, a ausência de Ulisses tornara-se mais concreta. Gabriel desesperava-se ao ver a mãe inventar desculpas para aqueles que bisbilhotavam a respeito do filho mais velho. Ulisses tinha ido embora sem dizer para onde. Uma verdadeira fuga, concluíra Gabriel. Naquele momento, com a luz crua da manhã a cegá-lo, admitiu aquilo que tentara esconder de si mesmo por muito tempo: "Eu também quero ir embora! Eu não quero viver mais aqui".

Em vez de alimentar a idéia da partida, o garoto voltou a pensar na vida política do pai. Vida de que o filho não gostava. Nem mesmo das festas que ele organizava, dos comícios em cima de caminhões... Nem mesmo o fato de crescer em cima de um ridículo caixote, empolgado pelas idéias do pai, fizera do filho um aliado. Na verdade, Gabriel não compartilhava daquele universo. E, quando fora obrigado a distribuir a vassourinha, símbolo da campanha de Jânio Quadros para a presidência, invejou seus amigos que, orgulhosos, exibiam a espada de Lott. Não que Biel gostasse de generais, mas o fato de ser contra as idéias do pai aproximava-o dos amigos do outro partido.

Gabriel balançou a cabeça como se quisesse afastar a lembrança, mas as imagens continuavam a brotar. Vira os postes da cidade enfeitados com duas vassouras e um grande laço de fita verde-amarela, obra do seu pai. Não fizera nenhum comentário a respeito da decoração, deixando o pai aborrecido. Agora, diante da sua ausência, perguntava-se: "Valeu a pena discordar do pai?". Sem muito esforço, concluiu que sim, mas outro pensamento foi mais forte: se por um lado não gostava das posições políticas paternas, por outro admirava sua alegria, inventividade, espírito empreendedor, inquietação, que terminavam pesando mais na balança dos seus sentimentos, tornando-se exemplos a serem seguidos.

Desde menino, Gabriel sentira-se atraído pela galinha do vizinho, como dizia seu pai ao acusá-lo de flertar com idéias opostas ao seu ideário. O melhor amigo de Gabriel era filho de um opositor político do seu pai. As namoradinhas também. Gabriel sorriu. Ele sabia que, mesmo sem aprovar suas escolhas, o pai não chegou a proibi-las.

— Desde que você não ultrapasse os limites — avisava sempre.

Mais por nojo que por respeito, Gabriel não se encostou ao mausoléu. Embora cansado, ficou em pé no estreito caminho de terra recortado pelas sepulturas. O suor escorria pela testa e pela nuca, tornando o colarinho apertado pela gravata cada vez mais presente. A calça de gabardine azul-marinho do uniforme escolar esquentava. A luz inclemente fazia tudo tremer, acelerando os miasmas. De repente o garoto se deu conta do silêncio. Parecia que tudo tinha terminado e que ele ficara sozinho no cemitério. Arrepiou-se todo. Para afastar a sensação ruim, assobiou uma canção do filme que inaugurara o cinema do pai.

Antes do Cine Teatro Odeon, havia na cidade um cinema poeirento, cheio de pulgas, aonde os frequentadores levavam as próprias cadeiras. O novo cinema foi uma sensação! Para Gabriel tornou-se um lugar de fuga. Não só durante as sessões, mas também durante a faxina, quando ele atormentava Margarida correndo por entre as cadeiras, brincando de bandido e mocinho.

Agora, restava a saudade. Aquele espaço de fantasia deixara marcas. Gostava de imaginar que um dia seria um astro das matinês. Via-se naquelas emoções aventurosas e dramáticas dos filmes. Os amigos diziam que ele vivia no mundo da lua.

O garoto, parado no meio do cemitério, rememorava as vezes que fora ao Cine Teatro Odeon sem pagar ingresso. Agora, quando ia ao cinema, sentia uma falta enorme daqueles tempos. Ah, o cinema! Gabriel carregava dentro de si um mundo de fotogramas que se misturavam e separavam, formando novos filmes, outras histórias. O cinema era seu contentamento, seu vício...

Uma fisgada e ele percebeu que a bexiga estava novamente cheia. Preparava-se para desabotoar a braguilha quando sentiu o braço sendo pressionado. Alencar, seu cunhado, espumando de raiva, desembestou a falar enquanto o puxava para reunir--se com a família em volta da sepultura.

— Você vai acabar matando a sua mãe de desgosto! Não vi você derramar uma lágrima sequer. Insensível! Você é um monstro! Devia pelo menos fingir, assim não dava o que falar. Você não é mais criança, Gabriel! De agora em diante vai ter de assumir responsabilidades.

A voz do cunhado esganiçava e ele falava sem olhar para Gabriel. Continuava o falatório repetitivo, só pelo prazer de aborrecê-lo. Quando viu que falava ao vento, apressou o passo. Gabriel foi atrás dele, assobiando baixinho a música do filme *A estrada da vida*, do diretor italiano Federico Fellini. Lembrava a música e o rosto da atriz, com cara de cão sem dono, perdida no mundo.

A mãe

A casa ficou fechada durante o resto do dia. As poucas amigas de Eulina, mãe de Gabriel, e uma tia entraram pelos fundos. Ficaram na cozinha conversando em voz baixa. A partir daquele dia o quintal tornou-se a ponte entre a casa e o mundo de fora. A casa ficou fechada e escura por meses.

Assim que voltou do cemitério, a primeira coisa que Gabriel fez foi tirar a roupa e jogá-la num canto do banheiro. Deixou a água fria escorrer pelo corpo, gostando da sensação de esfregar o sabonete sobre a pele. Seus músculos doloridos pela tensão não incomodavam mais, pareciam amortecidos. Queria ficar sozinho e não pensar em nada. Fantasiava enquanto a espuma escorria pelo corpo. A sensação de abandono era grande e concreta. A dolorosa constatação da orfandade era a única coisa que lhe trazia para a realidade.

Desabou na cama enrolado na toalha molhada e adormeceu. Quando acordou, assustado, as sombras do fim de tarde tornavam o quarto acolhedor. Mesmo assim, não quis ficar ouvindo os barulhos vindos de fora. Gabriel vestiu o pijama e foi para a cozinha guiado pelo instinto. Estava sem café da manhã e sem almoço. A cabeça latejava. Da sala de visitas vinham as vozes da mãe e de mais alguém que não conseguiu identificar.

Virou a moringa e o copo se encheu de água cristalina. Pela janela viu o céu do crepúsculo, entre o dia e a noite. Contemplou o horizonte sendo engolido por nuvens cinzentas que se deixavam lamber pelo dourado do sol poente.

Naquele instante sentiu vontade de ter alguém do seu lado para conversar. Até aquela hora tinha falado pouco. Os amigos, por intuição, respeitaram seu distanciamento. Durante o dia, os primos ficaram de longe, olhando para ele com ar de pena. "Em vez de conforto, só me trouxeram irritação!" Gabriel apertou o copo. Diante da beleza do fim do dia, ficou com vontade de ter os amigos por perto. Pensava nisso quando ouviu os passos da mãe. Ela olhou para o filho parado diante da porta. Ele se voltou e viu nos seus olhos, de um verde suave, o buraco da solidão engolindo tudo. Na verdade, desde que entrara na adolescência, Gabriel compreendera quanto sua mãe era solitária. Ultimamente, sofria por não conseguir fazer com que ela saísse de dentro do seu mundo de orações, silêncios e sentimentos guardados. Eulina vivia sem reclamar. Agora, diante da viuvez inesperada, aceitava a situação sem se dar conta, ainda, da falta que o marido faria. Ele era seu sustento, seu apoio. Ela sempre fora frágil, mas agora se tornara muito mais vulnerável. Desde que Ulisses caíra no mundo, sem deixar pista, ela se apegara a Nossa Senhora, conselheira e depositária de seus segredos. As dores causadas pelo filho mais velho eram maiores do que a provocada pela morte do marido. Afinal de contas, era a dor causada pela ingratidão, como costumava dizer.

Num gesto raro, ela veio para perto do caçula. Timidamente alisou seu cabelo, tentando desembaraçar os cachos que ele teimosamente cultivava, imitando os artistas que via nas revistas. Quantas vezes fora forçado a cortá-los por imposição do pai! Chateado por não conseguir responder às gozações que seus amigos faziam sobre o filho, voltava-se contra Biel. Temendo que ficasse marcado na cidade, obrigava-o a ir ao barbeiro, exigindo o corte militar, tosado, que o garoto tanto odiava. Agora, sentindo os dedos da mãe desembaraçando os cachos sedosos e pretos, não via a hora de vê-los cada vez maiores.

Não ficaram mais que alguns instantes juntos. Logo ela foi para o fogão, insistindo que ele comesse qualquer coisa. Automaticamente arrumou a mesa da cozinha, alterando um ritual que sempre acontecera na sala. Era indício de que os hábitos da casa seriam outros. A toalha xadrez cheirando a ervas, a louça branca com flores azuis e os copos de alumínio foram dispostos ordenadamente. Ela evitara a sala na tentativa de enganar a si mesma e ao filho. Assim, não teriam de olhar para mais um lugar vazio naquela mesa grande que um dia acolhera os cinco membros da família.

Enquanto jantavam em silêncio, Gabriel se lembrou do trecho de um livro com peças de Shakespeare, o famoso dramaturgo inglês do século XVI, emprestado da biblioteca municipal. O livro amarelado tinha dado a impressão de nunca ter sido retirado da prateleira. Ele ainda estava sobre o criado-mudo no seu quarto. Gostara de *Romeu e Julieta*, mas ficara envolvido e muito assustado pelas bruxarias e assassinatos de *Macbeth*. Olhando a mãe partindo o pão comedidamente, como se aquilo fosse livrá-los da possível pobreza, ele a viu como uma *lady* Macduff perdida no interior do sertão. Relembrou um trecho da peça:

— *Filho, teu pai é morto. Que farás? Como viverás agora?*

— *Mãe, como as aves.*

— *De vermes e moscas?*

— *Do que encontrar: é o que elas fazem.*

Como se estivesse adivinhando os pensamentos do filho, ela levantou os olhos interrogadores. Gabriel percebeu e baixou os seus. Não queria que ela visse em seu olhar a vontade que tinha de ir embora. Enquanto comia, Gabriel sentiu que esse desejo crescia dentro dele. Aos dezesseis anos ele pressentia: "Se eu ficar nesta cidade, não terei futuro. Este lugar é horrível!". O garoto tinha lá suas razões. A cidade não oferecia oportunidades, somente a vida comezinha, as intrigas políticas sem nenhuma grandeza, o cotidiano sufocante, o puritanismo, a hipocrisia e a fofoca.

Biel não teve ânimo de contar para Eulina o que se passava com ele. "Ela não vai entender. Não vai suportar mais um golpe nas suas esperanças. E ela tem tão poucas!"

Casara a filha Gilca com Alencar, comerciante abastado, mas não conseguira fazer de seu filho mais velho um padre, sonho acalentado também pelas tias tementes a Deus e ao

papa. Ulisses dera-lhes um duplo golpe. Ao sumir no mundo, o sonho de Eulina se esfumaçara. O pai nem tivera tempo de concretizar os planos com relação ao filho: queria-o advogado com carreira na magistratura.

Sentindo a falta do filho mais velho, o casal voltara-se para Gabriel. Ele fazia de tudo para corresponder às expectativas, mas, toda vez que se esforçava para cumprir os desejos deles, acabava sem querer afastando-se do modelo que esperavam.

O garoto era um peixe fora d'água naquela lagoa salobra, a cidade; naquele aquário, a família. Interessava-se cada vez mais por assuntos que não despertavam a mínima curiosidade nem da família, nem dos conhecidos. Nem mesmo os amigos compreendiam seus devaneios, desejos. Por mais que explicasse, não conseguia traduzir o que vinha de dentro dele. Suas idéias eram tachadas de extravagantes e esdrúxulas. Gabriel sofria com isso e se deixava atrair pelo desconhecido, pelo distante. Certo dia, ao afirmar que estudava para conhecer e não para ter uma profissão, causou espanto. A mãe abriu a boca sem conseguir contestar a afirmação. Pediu apenas para que ele não saísse por aí, falando coisas sem pé nem cabeça. Temia pela sorte do menino! Apegava-se aos santos e anjos na tentativa de trazê-lo para o caminho das certezas.

Terminaram o jantar em silêncio. Para satisfazer o desejo do filho, Eulina fritou bananas-da-terra, cobrindo-as com canela e açúcar. Enquanto ela colocava a cozinha em ordem, ele foi para o quintal saborear a dourada fritura, que deixara no ar um cheiro adocicado.

Sentado num banco entre a penumbra e a réstia de luz que vinha da cozinha, ouvia os grilos. Coberto de estrelas, Biel sentiu-se sozinho. Não conteve as lágrimas, que segurara até ali. Elas escorreram misturando-se às bananas. Lágrimas agridoces! Gabriel abafou os soluços. Não queria que a mãe ouvisse seu choro. O esforço de conter o soluçar provocou uma forte dor na garganta. Quase sufocou.

Enquanto chorava, falava baixinho como se o pai estivesse ali para ouvir as queixas e xingamentos:

— Você não podia ter morrido agora, meu pai! Eu só tenho dezesseis anos. O que é que vai ser de mim, da mãe? Eu sei, cada um tem seu tempo, sua hora. A sua acabou tão cedo!

Gabriel sofria. Não se conformava com a morte daquele homem que gostava de festejar São João, Natal e carnaval com intensa e verdadeira alegria. Aquele homem que não media esforços para trazer novidades para a cidade, lugar tão carente de diversões! Que nos dias festivos decorava as ruas, obrigando o filho a confeccionar os ornamentos, sem que Biel pudesse dar um palpite! Aquele homem que, no carnaval, se vestia de mulher num bloco ridículo, mas bem-humorado.

Se o sofrimento pela falta do pai era grande, o alívio por se ver livre do seu autoritarismo não era menor. Em meio à tristeza, Gabriel recordava-se dos seus rompantes de bruta-lidade, das suas atitudes centralizadoras impondo a todos sua vontade, como se ela fosse a única no mundo.

Admitir tudo isso não era fácil. Somente ali, no escuro, ele desamarrava o nó dos sentimentos. Sentimentos contraditó-rios, mas de uma força tamanha que faziam doer. Biel lutava contra seu pai, que, embora morto, continuava exercendo sua força, deixando o filho abalado e inseguro.

Ao passar pelo corredor em direção ao quarto, viu a mãe rezando o terço. No escuro da noite, Gabriel compartilhava do seu temor por Deus, mas, assim que o dia clareava, sentia-se seguro e deixava de lado os medos causados pela religião. Medo do inferno ou de se perder no limbo qual alma penada. Tremeu ao pensar outra vez na morte. Ela, que vivia longe, agora se fazia presente, justificada, mas inaceitável.

No silêncio aconchegante do quarto, ouviu a pregação que vinha da garagem, onde se instalara uma igreja. "Nunca entendi o porquê de tantos gritos! Será que Deus é surdo a tão sonoros apelos?"

Não houve resposta para a sua pergunta. O cansaço derrubou Biel na cama e o sono profundo levou-o para dentro de si mesmo.

25

O amigo

O melhor amigo de Gabriel, aquele com quem dividia uma porrada de coisas, era filho do maior inimigo do seu pai.

O pai de Neto, outrora do Partido Social Democrático, tornara-se emedebista por força das mudanças pós-militares no poder. O de Gabriel, udenista ferrenho, agora no Arena, mantivera-se em terreno divergente. Viviam todos a nova ordem. Para Gabriel, tudo continuava como antes. De um dia para o outro os respeitáveis senhores tinham vestido nova camisa, aceitando as regras do jogo. Assim era o mundo, matutava Gabriel, lembrando-se das conversas que ouvira entre o pai e seus correligionários.

Gabriel evitava discutir com Neto as questões partidárias da cidade. Quando o assunto aparecia nas suas conversas, causava tensão entre eles. Gabriel dizia:

— Somos colegas, camaradas, e pronto!

Como não podiam frequentar o mesmo clube, faziam da praça, da escola e do cinema seus espaços de convivência.

Quando o dia amanheceu, Gabriel não conseguiu levantar. Sabia que as aulas estavam à sua espera, mas foi ficando debaixo do lençol, cultivando sua dor. As horas passavam sem que ele se preocupasse. A mãe veio chamá-lo duas vezes e desistiu. Tanto ela como ele estavam desorientados. Tinham de começar outra vida, se outra existisse. Gabriel puxou o lençol. Temeu que o acomodamento da mãe se entranhasse nele. Era o que pensava enquanto cobria o rosto. Ouviu vozes na sala de visitas. "Quem será a esta hora da manhã?"

Soube, depois, que seu padrinho viera saber como estavam, colocando-se à disposição para ajudar a providenciar o inventário. A burocracia, que para eles era um bicho-de--sete-cabeças, entrou em suas vidas para ficar por um bom período. O padrinho veio informar, também, sobre os planos do pai. Mas isso Gabriel só ficaria sabendo mais tarde. O padrinho pediu que a comadre guardasse segredo. Caberia a ele a responsabilidade de ajeitar as coisas e resolver tudo. No momento acertado, o afilhado saberia quais eram os planos. Quando soube dos motivos da visita, o garoto não deixou a mãe em paz.

Eulina suspirou. Por fim disse:

— Vá se entender com seu padrinho, meu filho. Ele me pediu segredo, só isso!

Gabriel insistiu, mas ela não quebrou a promessa, embora soubesse quanto o filho se alegraria ao saber dos planos do pai. Enquanto ela falava, Biel percebeu certa tristeza nos olhos da mãe. Não insistiu mais na conversa e a história caiu no esquecimento

A casa estava silenciosa. De vez em quando se ouviam barulhos vindo da cozinha, da vizinhança ou do serviço de alto-falante. No mais, estava tudo tão quieto que Gabriel levou o maior susto quando a porta rangeu e Neto entrou no quarto.

— Oi! Isso é hora de estar na cama, meu chapa?

Por conta do rosto inchado pelo choro, Gabriel ficou sem jeito. Neto percebeu e disfarçou. Desembestou a falar:

— Não fui à escola para vir aqui. Eu sabia que você tava precisando de companhia. Concorda? As meninas queriam vir também. Tá todo mundo querendo agradar você. A Ciça me disse que deu vontade de botar você no colo! Achei demais! Ah, estão querendo marcar um passeio e o time de futebol não vê a hora de treinar!

— Eu odeio futebol, Neto!

Riram. Nada melhor do que o melhor amigo para levantar o moral! Neto era o grande amigo. Tinha a mesma idade que Biel, tinham nascido no mesmo dia e na mesma hora.

Gabriel duvidava um pouco dessa história. Mas, segundo os relatos que corriam entre as famílias, quando Neto nascera, Eulina não recebera a notícia porque o recado chegara bem na hora em que o médico, ajudado pela parteira, segurava Gabriel.

O marido de Eulina não aprovava a amizade com a vizinha, afinal de contas eram inimigos políticos, mas não conseguia impedir que a esposa fosse gentil com dona Laura. Bem que ele tentou. Com o passar dos anos e a escalada da rivalidade política, ele terminou impondo sua vontade. A barreira entre elas se ergueu.

Eulina contava que, dias depois do nascimento, encontrara-
-se com a vizinha e as duas tinham exibido, orgulhosas, os
filhos recém-nascidos por cima da mureta do jardim. Elas
haviam rido, cada uma elogiando o filho da outra, mas no
fundo achando o seu o mais bonito. Os dois meninos, perdidos
no meio de tanta cambraia, não conseguiam abrir os olhos por
causa da intensa luminosidade. Naquele momento, por meio
do riso e da conversa das mães, Gabriel e Neto começaram
uma amizade duradoura.

Quando comemoraram o quarto aniversário, as relações
entre as vizinhas tinham esfriado. Muitos anos depois, os dois
mostraram as fotos da festa de cada um. Enquanto Neto era só
riso em meio aos convidados, Gabriel chorava diante de um
bolo decorado com a cara de um palhaço. Em volta da mesa,
Ulisses, Gilca e os primos faziam pose entre as fitas de papel

crepom colorido que desciam do lustre. As fotos amareladas eram guardadas no álbum que Eulina gostava de mostrar para todas as visitas. Fotos cujas lembranças se misturavam, algumas alegres, outras nem tanto, mas todas elas acomodadas umas perto das outras, sem a menor cerimônia.

Agora, estavam os dois ali jogando conversa fora. Neto, todo falante, queria que o amigo reagisse à prostração. Biel se perguntava: "Por que ele não fica em silêncio e respeita a minha tristeza?". Mas logo concluía: "Eu estou sendo egoísta". Mesmo assim, não conseguia afastar o gosto amargo da inveja. "Afinal de contas, ele tem um pai e eu não." Sentindo-se o último dos garotos órfãos sobre a face da Terra, Gabriel se entregava à autocomiseração, sem perceber que Neto agia solidariamente.

— Vamos, Biel, levanta dessa cama! Eu imagino o que você está sentindo, mas você tem que reagir! Vamos dar uma volta por aí! Vamos pro sítio... Que tal?

O amigo sempre fora assim, para cima. Desde criança, quando frequentavam o mesmo grupo escolar, mostrava-se positivo, seguro e espontâneo. Exteriorizava seus sentimentos com facilidade.

Enquanto Neto circulava pelo quarto, Gabriel lembrava--se do amigo na escola, de calça curta azul-marinho, camisa branca engomada, sapatos brilhando que nem espelho. Organizado desde pequeno, gostava de emprestar seu material escolar, desde que fosse devolvido. Neto gostava de tabuada, somando com a maior facilidade, multiplicando tudo por dois, três, cinco, dez, enquanto Gabriel levava horas contando nos

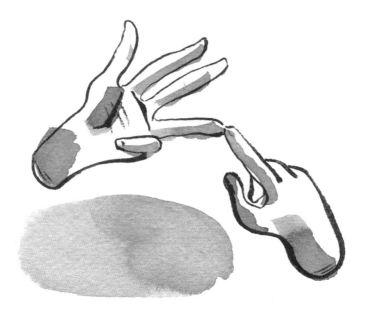

dedos para achar os resultados. Quando ele ficava chateado, Neto saía-se com esta:

— Eu aprendo matemática mais rápido porque minha mãe é professora. Mas eu não sei contar histórias como você!

Essa era vantagem de Gabriel sobre o amigo. Biel tinha gosto pelas histórias e uma facilidade enorme em memorizar o que lia e ouvia, embora se atrapalhasse quando tinha de contar o que sabia. Vencera a timidez quando percebera que, ao contar histórias, tornava-se mais querido pelos seus colegas. Descobrira isso com a ajuda de Neto.

Certa noite, sentado na calçada, seu amigo lhe pedira para contar uma história. As outras crianças também tinham insistido. Gabriel relutara, gaguejara... e contara a história da Guerra de Tróia. Surpreso, viu que prendera a atenção de todos. Naquela noite, adormecera com uma sensação tão boa que ela perdurou até a manhã seguinte, mas, quando deparou com a professora de português pedindo para que ele falasse sobre o que tinha lido, sentiu uma aflição danada.

Neto continuava falando e brincando. Inquieto, não parava de caminhar pelo quarto, insistindo:

— Levanta, Biel!

Gabriel não lhe dava ouvidos, rememorando as lembranças da infância:

— Lembra, Neto, quando a gente brincava na rua nas noites de lua cheia?

— Ora, se lembro! Tá vendo essa cicatriz?

— Brincando de cabo-de-guerra, você caiu e bateu o braço na guia, não foi? Sangrou bastante...

Nas noites de lua cheia, com as ruas e os caminhos iluminados pela luz azulada, os meninos brincavam até cansar. As meninas, quando não entravam nas brincadeiras com eles, cantavam ciranda, girando a roda no meio da rua, parecendo que iam voar. Bonito mesmo era quando meninos e meninas brincavam de cantar "A bela rosa juvenil" ou qualquer outra quadrinha popular. O canto se espalhava por toda a rua, entrando pelas casas, tomando conta de tudo, deixando saudade em quem não cirandava mais. Neto gostava quando Angélica era escolhida para ser a Bela Rosa e ele o Lindo Rei, naquela ciranda que contava a história da princesa adormecida pela feiticeira má, muito má...

As lembranças afastaram Gabriel da tristeza. Ele sorriu. Neto parou de andar, estranhando a manifestação de alegria. Encabulado, sentou na cama que fora de Ulisses. Olhando gravemente para Gabriel, disse:

— A dor que você está sentindo vai passar com o tempo. Só vai ficar uma saudade boa, você vai ver. É só esperar, Biel! Se for verdade essa história de outras vidas, quem sabe você um dia não encontra seu pai? Agora, ânimo!

Gabriel ficou surpreso com a seriedade do amigo, que não combinava com ele. Ficaram em silêncio. Nada precisava ser dito. Eram amigos. Um tão diferente do outro, mas amigos.

Neto gostava do sol, Gabriel das noites e da lua. Não gostavam dos dias que amanheciam chovendo fininho, parecendo não parar mais. Quando eram mais novos, ficar em casa olhando a rua através dos vidros da janela, olhos compridos com vontade de brincar lá fora, era um horror.

Ficavam mal-humorados. Mas, se o dia era de trovoada, quando as águas desabavam com força, eles se divertiam chapinhando na correnteza das valetas. Aí, sim, a chuva era gostada, porque logo passava, deixando no ar um cheiro de coisa nova!

E a coisa nova que Neto contou durante a visita deixou Gabriel transtornado.

— Biel, assim que eu terminar o colegial, vou estudar no Rio de Janeiro. Papai vai comprar um apartamento para minhas irmãs que estão na universidade e eu vou morar com elas.

O choque foi tão grande que Gabriel pulou da cama.

— Que bacana, Neto! Você vai ver o mar...

Calou-se. Não sabia mais o que dizer. Gabriel viu o amigo partindo para o Rio de Janeiro enquanto ele permaneceria confinado à mediocridade daquela cidadezinha pacata e sem graça. A inveja voltou a tomar conta dele e foi maior que o laço da amizade.

A professora

Gabriel só foi à escola depois de três dias de luto profundo. Embora não lhe passasse pela cabeça colocar um fumo, era como se ostentasse a fita preta presa no bolso da camisa. Eulina optara por vestir branco, do mesmo jeito que fizera quando sua mãe falecera.

— Se não usei preto por minha mãe, não vou usá-lo por ninguém! Quem quiser que fale! — dissera, para surpresa do filho, já que costumava dar muita importância à opinião alheia.

Entre os colegas, Biel foi alvo de todas as atenções que um órfão desperta, acarinhado por uns e rejeitado por outros. Só não conseguiu suportar as demonstrações de pena. Como esse sentimento não fazia parte do seu mundo, sentia-se humilhado. Na sua confusão de adolescente, tentava de todas as formas não sentir pena de ninguém. É certo que as misérias e os sofrimentos dos outros lhe tocavam, mas evitava penalizar-se demonstrando solidariedade e comoção.

Por conta da montanha-russa de emoções, o garoto estava tenso. Temia suas reações e procurava controlar-se. A professora de português, aquela por quem tinha muita admiração, surpreendeu-o com uma atitude exemplar. Durante a aula, tratou Gabriel como aos outros. Ele chegou a pensar que ela não tinha se dado conta de sua presença na sala. Mas, quando seus olhares se cruzaram por alguns momentos, sentiu que era visto com carinho e compreensão. Agradeceu em silêncio o fato de a professora não expô-lo. Caso tivesse acontecido, ele não teria aguentado. Na certa desabaria na choradeira diante de toda a classe.

A professora Zélia deu aula como de costume. Expôs a matéria com clareza e respondeu a todas as dúvidas que foram aparecendo. Diante das conversas e brincadeiras, manteve-se firme como sempre. Sem autoritarismo, chamava a atenção dos bagunceiros e tratava de resolver os problemas dos alunos. Gabriel captou a força do afeto dirigido a ele. Afeto que parecia igual ao dos outros professores. Mas não era.

Enquanto anotava o que ela escrevia no quadro-negro, Biel se deu conta do seguinte: "Eu só tenho dezesseis anos, nada está perdido e tudo vai acabar bem, a minha vida não acabou!". O silêncio da sala foi quebrado por um rádio que tocava uma canção dos Beatles na maior altura. Algumas colegas não resistiram e balançaram o corpo no ritmo da música. Gabriel marcou o compasso com os pés.

Talvez a professora não soubesse, mas estava fazendo uma grande coisa pelo aluno. Com sua atitude aparentemente distante, ensinava-lhe a força do silêncio e o respeito pela dor do outro. Sem colocá-lo em evidência, sem querer protegê-lo ou gratificá-lo com gestos e palavras confortadoras, ela cuidava dele. O rádio foi desligado assim que a música terminou.

— Saco! Que desmancha-prazereres! — Gabriel reclamou baixinho.

Ao levantar o olhar do caderno, o garoto viu nos olhos castanhos da professora Zélia a afirmação de que ela estaria ali para apoiá-lo. "Que idade será que ela tem... Trinta?" O sorriso jovial no rosto da professora fez com que ele concluísse: "Vinte e cinco anos!".

Gabriel imaginava histórias, inventando família, amigos e um passado de viagens e aventuras para a professora. Procurava de todas as formas descobrir mais sobre aquela mulher tão contundente. Percebeu que ela era uma pessoa apaixonada. Era essa a essência da professora Zélia.

Ali, na escola daquela cidade perdida no interior do país, ela afirmara muitas vezes sua crença nos loucos e nos poetas visionários, encarregados de construir um novo tempo. Ela tornava alunos cúmplices das suas esperanças.

Inúmeras vezes, Biel ouvira acusações contra a professora. A mais corrente era a de ser comunista. Como era fácil vestir os nus com a roupa vermelha, principalmente quando não se tinha outra explicação para um comportamento diferente! O que mais intrigava Gabriel é que na cidade havia um rapaz que estudara na Alemanha Oriental e não fora acusado de comunista. Por que acusavam a professora? Biel não encontrava uma explicação, mas tinha certeza: um dia, quando as recordações dos tempos de escola se tornassem rarefeitas, a professora de português permaneceria viva na sua mente. Certamente não se esqueceria das suas aulas tão diferentes, dos autores descobertos por meio dela e da capacidade que a professora Zélia tinha de implantar dúvidas nas incertas certezas adolescentes. De forma luminosa, ela despertava em Gabriel a inquietação, a vontade de conhecer mais e mais e o desejo de aventurar-se.

A professora Zélia se encarregara de mostrar valores diferentes, outro jeito de ver o mundo para além daquele viés de classe média que mantinha a cidade no marasmo. Foi ela quem abriu seus olhos para a realidade do homem do sertão. Aquela gente que lutava para sobreviver, mas que olhava o mundo com sabedoria invejável.

— Veja, Gabriel, essa gente que chega das roças para fazer a feira na cidade traz um mundo de histórias, uma vida que precisa ser valorizada. Veja como eles se comportam, admire os recatos, o jeito curioso, os modos educados, para nós tão antiquados. Observe como chegam à igreja, ao mercado, às lojas — insistia ela.

Desde criança, Gabriel cruzara com muitos sertanejos na banca de farinha do seu avô ou mesmo em casa, quando vinham em visita ao seu pai. Vê-los de outra forma foi para ele uma surpresa. Era como se a professora tivesse colocado uma lente de aumento diante da realidade, permitindo que ele visse relações entre o que vivia e o que lia na ficção.

Todas essas coisas foram pensadas na sala de aula, afastando Gabriel da lembrança dolorida do pai falecido. Confiante, ele sabia que a dor ia passar.

No final do turno, a professora Zélia se aproximou de Biel.

— Posso acompanhá-lo até a sua casa?

Foram conversando. Biel confiou nela e desabafou:

— Como eu gostaria que meu pai estivesse vivo para lhe mostrar que não sou esse fracasso que ele temia! Sou apenas diferente.

A professora compreendeu a angústia do garoto.

— Gabriel, veja uma coisa: tome o lugar de seu pai e responda, você não agiria do mesmo jeito? Ele era um homem de outro tempo, com uma formação diferente e com outros valores. Ele sabia que você é um garoto inteligente. Ele temia por você. Você vive num tempo de grandes transformações e não corresponde àquele modelo que ele conhecia ou queria. Ele apenas se sentia inseguro. Você já pensou nisso?

— Meu pai inseguro? Não, nunca.

— Pois então pense! Não quero que você abra mão do que gosta. Faça as suas escolhas e lute por elas, mas sempre exerça a sua capacidade de compreensão. Compreender... Que palavra bonita! — a professora divagou e Biel prestou atenção no que ela dizia.

Em frente à casa de Gabriel, a professora despediu-se, olhando-o com firmeza e carinho.

— Sabe, Biel, tudo isso que você está sentindo agora, um dia passa. O tempo é o melhor remédio... A vida avança, Gabriel.

43

A turma

— Que saco, vocês não pensam em outra coisa? Larguem do meu pé! Que mania... Já basta o Alencar!

O grupo de garotos riu e assobiou, tirando uma da cara de Gabriel. Ele estava por conta! Resmungou e não queria conversa com mais ninguém. Além do cunhado, os amigos não perdiam a oportunidade de infernizar sua vida com essa história de ir à zona do meretrício. Ficava chateado com os colegas da turma, mas logo passava. Tinha raiva era do Alencar, da forma agressiva com que ele cobrava uma atitude de Gabriel. O cunhado não tinha o menor respeito por Biel. Na frente de desconhecidos desmerecia o garoto, humilhando-o.

Estavam reunidos na praça, deitados na grama sob a sombra imensa da igreja. Era o lugar preferido para ficar matando o tempo, ou melhor, desperdiçando o tempo, pois nada faziam a não ser falar bobagem. Por mais que Biel tentasse se livrar daquelas tardes de mormaço e preguiça, terminava vencido, deixando-se ficar ali ouvindo piadas ou comentários idiotas sobre os raros acontecimentos da cidade. Na roda de amigos, a fofoca corria solta e a maledicência preenchia as horas de tédio.

O fato de ter perdido o pai recentemente causava certo estranhamento entre eles. A maioria não sabia como encarar a situação e tratava Gabriel ora com indiferença, ora com atenções desnecessárias. Os mais chegados, que tinham externado os sentimentos nos primeiros dias, sentiam-se relaxados, enfrentando a situação com mais tranquilidade.

As conversas naquela tarde giravam em torno dos assuntos que empolgavam a turma: filmes de ação, sexo e futebol.

— Quem é virgem aqui? — insistia Raulzito, o mais velho da turma. — Biel, você nunca foi na rua da Faísca, foi?

— Não enche!

— E você, Neto, já avançou o sinal com a namoradinha?

— Pára com isso, Raulzito, o pai da menina é uma fera!

— Na casa de Filó tem cada mulherão! Umas novinhas...

Raulzito insistia. Gabriel se retraía. A timidez, o medo de não saber o que fazer e de falhar o afastavam das casas da rua da Faísca. Ouvia os amigos mais velhos contar sobre suas aventuras e ficava pensando como reagiria diante da situação. Até aquele momento, liberava a energia sexual solitariamente, inebriando-se de fantasias e culpa.

Na maioria das vezes, a conversa entre eles descambava para a baixaria total, com os mais desinibidos exibindo sua virilidade para os outros. Alex não ligava para o fato de estar na praça. Sentindo-se protegido pela turma, gostava de exibir-se, disputando com Tony o título de campeão.

— O meu é bem maior que o seu, rapaz! Sai dessa! Você já mediu? Olha!

— Não vem que não tem, Alex! Tá me estranhando? A minha é maior que a sua!

— Ih, lá vem as meninas da escola! Esconde isso aí! Que pouca vergonha, Tony! — Neto jogou um gibi para cima dele, mas Tony puxou a camisa, cobrindo-se. Alex pegou a revista e fez o mesmo.

As meninas passaram rindo e cochichando. Para constrangimento dos outros companheiros, Tony e Alex insistiram na disputa, cada um afirmando ser o maioral, o mais potente. Aqueles que não se permitiam entrar na brincadeira presenciavam com certo incômodo a despudorada exibição de Tony e Alex.

— Com esse instrumento vou ganhar todas as donas que quiser! As garotas me adoram e sei o que elas pensam de mim! Vocês são uns frangotes, uns meninos! A cidade tá cheia de garota bonita, dando a maior sopa e todo mundo na moleza... E você, Biel, vai ou não vai com a gente na casa da Filó?

Durante aquelas tardes, ninguém pensava em outra coisa. Cada um se afirmava mais e mais contando o que faria com as garotas, como se elas estivessem dispostas a satisfazer os desejos desenfreados de cada um deles. Achavam-se superexperientes, mas viviam de fantasia, imaginando fazer aquilo que liam nos livrinhos de sacanagem conhecidos como "catecismo".

Enquanto estava com a turma, Gabriel deixava-se levar pelos companheiros. Como tudo aquilo tinha um gosto

proibido, ele terminava compartilhando da farra. O medo de ser arreliado fazia Biel concordar com os amigos. No entanto, ao ficar sozinho, pensava: "Eles não ligam para sentimentos. Meus amigos nunca falam de amor, de carinho... Para eles, as meninas são apenas um objeto. A gente não consegue conversar a sério sobre sexo. O assunto vira brincadeira".

Gabriel sofria por não conseguir resolver essas questões. Quando conversava com os amigos mais chegados, o assunto era tratado de forma impessoal. Com o pai, não pudera conversar. A barreira entre eles era grande; se o pai se afligira pelo fato de o filho não ter frequentado as casas da rua da Faísca, não fizera nenhum comentário. O cunhado tentava fazê-lo ir. Mas, todas as vezes em que forçara a barra, o garoto dera-lhe um baile, procurando escapar das gozações de Alencar.

Na turma, Gabriel sentia-se um peixe fora d'água. Se o assunto era futebol, ficava boiando. Ele gostava de ver o jogo pelo jogo e sentia, ainda, a desclassificação da seleção bicampeã na última Copa do Mundo. Mas, se alguém perguntasse o nome dos jogadores, não saberia responder. O som de uma partida transmitida pelo rádio causava-lhe um sentimento inexplicável. A voz do narrador associava-se à monotonia das tardes de domingo. Quanto a jogar, assim que percebeu ser um desastre no campo, afastou-se do time, tornando-se um espectador sem grande animação. Certa tarde, ao assistir a uma partida, foi cobrado pelo pai.

— Por que você não joga futebol, Gabriel? Todos os seus amigos estão no campo e você aqui fora! Você só pensa em livros! — O ar de censura calou fundo, o menino se afastou do campo sentindo-se diminuído.

O que ligava Gabriel à turma? Ele não sabia. Talvez um dia, quando saísse da cidade, compreenderia essa ligação. O certo é que, no meio de tantos garotos, tinha aqueles com quem mais se identificava. Eram os mais parecidos com ele. Os que gostavam de cinema ou de ler ou então de fazer passeios pelos arredores da cidade. Esse pequeno grupo gostava de passear pelas fazendas, de tomar banho nos riachos e lagoas, de pescar. Ou então de buscar umbus e cajus caatinga adentro. Durante esses passeios, tornavam-se mais solidários uns com os outros. Talvez pelo fato de estarem em um ambiente hostil, desfrutavam da camaradagem. Certa ocasião, os garotos ficaram perdidos no meio do mato e, se não fosse terem sido encontrados por um vaqueiro no encalço do gado, a situação teria se tornado desesperadora.

Com esses amigos mais chegados, Gabriel resolveu que estava na hora de ir à zona. "Eu preciso criar coragem!"

Assim que a turma se dispersou, combinaram para a sexta-feira. O mais experiente do grupo sugeriu:

— Vamos na quinta-feira, que o movimento é fraco. Na sexta e no sábado tem muita briga. Junta muito bebum! O delegado costuma aparecer por lá e Filó cobra tudo mais caro! Na quinta podemos, com pouco dinheiro, fazer a farra.

Desde o momento em que assumiu o compromisso, Gabriel passou a sentir um aperto na boca do estômago. Ao desassossego pela morte do pai juntou-se o medo do fracasso. Tudo o que ele sabia sobre como fazer sexo vinha das revistinhas baratas ou do livro *A carne*, de Júlio Ribeiro. Mas como seria de fato e não de ficção? Com quem conversar? As perguntas eram muitas. Não querendo se abrir com Alencar, restou a angustiante espera.

Encontraram-se no jardim da praça e de lá foram para a sorveteria fazer hora. Uns gatos-pingados jogavam bilhar no fundo do bar. O garçom, sonolento, perguntou se queriam alguma coisa. Pediram refrigerantes. Sem muita conversa, os assuntos morriam antes que entusiasmassem alguém. Contaram algumas piadas e riram da tensão de Gabriel. Quando o serviço de alto-falante encerrou a programação e o cinema apagou o luminoso, seguiram para a rua da Faísca.

A cidade estava deserta. Um vento frio soprava da serra. Alguém ouvia um programa musical pelo rádio. Alguns casais namoravam na calçada. Gabriel andava como se fosse para a forca.

O cheiro do esgoto a céu aberto misturava-se ao de fritura de carne-de-sol, de urina e dos monturos próximos. Nos botecos da ruazinha alguns homens bebiam pinga. Na penumbra, paradas em frente às portas, as mulheres pareciam jovens. Algumas eram. Os garotos entraram numa das casas.

A pequena sala estava decorada com flores de plástico, o teto todo enfeitado de bandeirolas de uma festa de São João passada. A dona da casa, sabendo que os garotos eram filhos de famílias abastadas, como boa comerciante, fez a sala. Ofereceu bancos, apressando o rapaz para limpar as mesas, e brincou com Gabriel, deixando-o vermelho no meio da sala. Alguém colocou um disco na vitrola.

A voz de Núbia Lafayette cantando um bolero fez a tristeza tomar conta de Gabriel.

— Que música mais sem graça, Neto! Tá começando tudo errado!

— A gente não veio aqui pra ouvir música, Biel!

A cerveja esquentava no copo quando uma mulher puxou Gabriel pela mão.

— Vamos dançar, meu lindo! Você é carne nova no pedaço, não é? Cuidado, aqui tem umas piranhas que acabam com a vida de menino novo como você! Vem, garotão, vem!

Apesar de maltratada, a moça era jovem. O vestido justo de estamparia vistosa marcava-lhe os quadris. O perfume barato deixou o garoto enjoado. Desajeitado, pisava no pé da mulher enquanto se arrastavam pelo salão naquela dança malemolente. Foi ela quem tomou a iniciativa:

— Vamos ficar juntinhos lá dentro, vamos! No meu quartinho, você vai ficar à vontade. — Ela passou a mão pelo peito de Gabriel, enfiando os dedos por entre os botões da camisa. — Ih, tá suado o meu bichinho! Quando você tirar a roupa, isso passa! Você pode ficar comigo o tempo que quiser, basta a gente combinar... Você sabe, a Filó não deixa ninguém fazer a coisa de graça!

Gabriel deixou que ela falasse. A boca seca, as mãos suando, o coração acelerado.

— Não fique nervoso, franguinho. Eu sei cuidar de donzelo! — Ela gargalhou, fazendo com que ele se encolhesse.

Assim que combinaram o preço, seguiram para o interior da casa, onde um quartinho os esperava. Sob a luz fraca, ela tirou a roupa com desenvoltura e esperou.

De repente, o garoto ouviu a voz de Neto:

— Biel, o delegado! Ele está dando uma batida e a gente precisa se mandar! Nós somos menores, a Filó não quer encrenca com a polícia. Vamos, Biel!

Foi tudo muito rápido. Gabriel, meio sem graça, se apressou em vestir a camisa. Com os sapatos na mão, abriu a porta e acompanhou Neto pelo corredor até os fundos da casa. Atordoado, resmungou. Os amigos não seguraram o riso, apressando o passo. Um deles comentou:

— Que azar, Biel! Logo hoje o delegado resolve dar uma batida!

Biel esboçou um sorriso amarelo. Da aventura, o que mais lhe irritava era a certeza de que se tornaria motivo de piadas e risos por muito tempo.

O cunhado

Como era de esperar, o cunhado não demorou a aparecer. Enquanto a sogra fez sala, ele se conteve, mas Gabriel percebeu seu riso debochado, o ar de curiosidade.

— O Gabriel está homem feito, não, dona Eulina? Outro dia era um moleque de calças curtas. Agora, anda todo prosa. Qualquer hora dessas arranja uma namorada... Cuidado para não avançar o sinal! Andei sabendo das suas aventuras, rapaz!

— Me deixa, Alencar!

Assim que pôde, Biel escapuliu da sala para o quarto, refugiando-se nos livros. Queria aproveitar o momento para começar mais um trabalho de ciências, antes que o desinteresse pela matéria o fizesse ser reprovado no final do ano. Fugira das perguntas do cunhado e tentava se concentrar, mas não adiantava.

Pela janela entrava o ar fresco da tarde, amenizando o calor. No quintal do vizinho, um bem-te-vi cantou na goiabeira. As roseiras que a mãe cuidava com carinho exalavam um perfume adocicado. Gabriel tirou os olhos do livro e das anotações, observando as flores. "Que bonitas! A mãe tem muito trabalho com as roseiras, mas elas respondem ao seu zelo!" Estavam carregadas de grandes flores. Os botões prometiam novas rosas.

Veio cheiro de café da cozinha, misturando-se ao das flores. A mãe bateu à porta.

— Biel, vem merendar. Fiz cuscuz de tapioca e o café tá quentinho!

Mesmo com vontade de comer cuscuz com leite de coco e manteiga de garrafa, ele deu uma desculpa. Não queria sentar à mesa com Alencar. O cunhado gostava de aparecer no meio da tarde para filar o café e "se afastar do aborrecimento do trabalho!", como dizia. Filho de comerciante abastado, assumira os negócios do pai, ampliando e modernizando a loja. Trazia novidades da capital onde vivera, quando estudante na faculdade de direito. Seu retorno para o interior fizera dele um ótimo comerciante e um péssimo advogado. Contudo, nunca deixara de exibir o anel de pedra vermelha e o linguajar de porta de cadeia.

Gabriel sentiu preguiça. Tirou a camisa para o corpo desfrutar a brisa. Debruçado sobre a mesa, continuou a resumir um trecho do livro para o trabalho que se arrastava sobre o papel.

As batidas na porta e a voz sussurrada anunciaram Alencar, tirando o garoto do devaneio em que estava. O cunhado insistia em entrar. Gabriel vestiu a camisa e foi atendê-lo.

— Fala baixo, não quero que a mãe fique sabendo!

— Conta, como é que foi?

— Contar o quê? Você já sabe de tudo, não sabe?

— Foi bom, Gabriel?

— Ih, me deixa, Alencar! Vai cuidar da sua vida. Tenho que terminar um trabalho da escola.

O cunhado entrou e fechou a porta. Sentindo-se íntimo e companheiro, queria ouvir de Gabriel os detalhes do que ocorrera. Soubera do acontecimento por um amigo que estava na casa de Filó naquela noite. Alencar insistiu. Queria os pormenores. Mesmo ridicularizando-o, o cunhado sentia orgulho do garoto.

— Seu pai ia ficar contente. Você já não inspira mais cuidado! Finalmente, ingressou na confraria dos machos. Agora, rapaz, é cair na vida, virar um garanhãozinho. Qualquer dia eu conto pra você como foi a minha primeira vez.

— Não estou interessado, Alencar!

— Ah, meus tempos de adolescente! Eu aprontei...

Quando Gabriel percebeu que Alencar só iria embora depois de ouvir detalhes sobre o que tinha acontecido, contou por alto o que havia passado. A curiosidade do cunhado aumentou. Vendo que Alencar entrara no jogo, Gabriel inventou sobre a noite na casa da Filó. Por um momento, o garoto sentiu seu poder sobre o cunhado e divertiu-se com isso. Estimulou a fantasia do ouvinte. Mesmo sabendo que a capacidade imaginativa de Alencar era pequena e seu caráter mesquinho, o garoto notou que ele tentava reviver a própria adolescência por meio da sua.

— Você está me saindo melhor do que a encomenda, Gabriel! Onde é que você aprendeu tudo isso? Nos livros... ou nas revistinhas de sacanagem? Você podia me emprestar uns catecismos. Conta, como era a dona?

Sem dar muita trela para as perguntas de Alencar, Gabriel respondia qualquer coisa que lhe passava pela cabeça.

Aumentava o que não tinha importância e sonegava a verdade, aquilo que para ele era importante, íntimo.

Alencar tirou os sapatos e jogou-se na cama. De repente, mudou de assunto:

— Você leva uma boa vida, não é, Gabriel? Mesmo com a morte de seu pai, as coisas por aqui não mudaram muito! Você continua estudando, tendo do bom e do melhor... Já pensou em trabalhar? Não queremos vagabundo na família!

Gabriel teve vontade de dar um soco em Alencar.

— Não se preocupe. Eu e mamãe não vamos precisar de você. Caso precise de ajuda, conto com meu padrinho! A pensão do pai é pequena, mas ele deixou algumas economias. Eu quero continuar estudando e, se for preciso, vou trabalhar também! Quero terminar o colegial e...

— E o quê? Cair no mundo como seu irmão? Nunca vi um cara tão esquisito! Onde já se viu largar pai e mãe, não dar mais notícia. Nunca gostei dele... Um safado!

— Você não tem o direito de falar assim do meu irmão! Ele sempre foi um cara legal! Bom caráter, firme nas decisões dele. Ninguém sabe os motivos de ter ido embora, mas tenho certeza de que um dia ele vai dar notícia.

O rumo que a conversa tomou fez com que Alencar deixasse de lado o ar amigável. Calçou os sapatos e caminhou pelo quarto, deixando Gabriel nervoso. Andava e soltava uma lengalenga sobre o futuro.

— Você precisa pensar no dia de amanhã! Por que não pede um emprego aos políticos amigos do seu pai? Se quiser, falo com um deles. Você não pode perder essa chance que a vida lhe deu. Seu pai era muito bem relacionado, tinha muitos amigos na capital e aqui também! Você sabe que ele foi recebido pelo governador no palácio?

— Foi, Alencar, foi. Eu era criança quando isso aconteceu! Os detalhes meu irmão me contou. Ele estava com o pai numa dessas visitas! Agora, os tempos são outros. As coisas mudaram.

— É, a conjuntura mudou. Botamos pra correr a cambada de comunistas que queriam tomar conta do país! Os que sobraram estão aí, escondidos, disfarçados de melancia, verdes por fora, vermelhos por dentro. Aquela sua professora... Como é o nome dela? Ela que tome cuidado! Qualquer conversa mole, botamos a zinha pra correr montada num jegue!

— Você tá é maluco! — Gabriel fez uma pausa, balançando a cabeça. — Sabe, Alencar, o papai já estava fora da política fazia tempo, mas enquanto esteve na ativa sofreu muito. Foi perseguido pelos próprios amigos. Desencantou-se com o jogo sujo. Um dia eu ouvi o pai desabafar com o padrinho!

— Seu pai foi ingênuo. Acreditava na política com ética. Bobagem! Devia ter se aproveitado da situação.

— Você sabe muito bem quanto ele sofreu ao ser transferido daqui pra lá, por conta da intriga dos amigos. Você bem sabe das ameaças que ele enfrentou quando decidiu se afastar da política. Eu era pequeno, mas sei de tudo.

Alencar desconversou. Ele sabia muito bem de onde partira a idéia da transferência do pai de Gabriel de uma cidade para outra. Cidades pequenas, perdidas no interior

distante. O homem ficara muitos anos sem ser promovido. O silêncio que se fez entre os dois deixava claro o que Alencar não tinha coragem de admitir. Ele mudou de assunto, voltando a falar do futuro:

— Gabriel, você não respondeu à minha pergunta sobre o futuro. Está me devendo essa!

E Gabriel, com seus botões, pensou: "O que é que esse chato de galochas quer saber do meu futuro?".

Enquanto Alencar falava dos planos dele e de Gilca, o garoto se lembrou de uma frase, semi-apagada, que lera num pára-choque de um caminhão: "Todo um futuro e...".

Para ele, a frase incompleta dizia muito mais que as frases feitas de Alencar. Ela deixava aberto um caminho para ser percorrido, construído. Um espaço para preencher. "Tantas possibilidades!" O cunhado, com sua verborragia acerca da família, do seguro de vida, da aposentadoria e do filho que esperava, tentava engessar a vida. Era como se ele negasse ao futuro a possibilidade da surpresa.

Gabriel rabiscou a frase no caderno e riu. Ela, que parecia sem sentido, era cheia de significados quase mágicos. Cheia de promessas, vinha ao encontro dos seus desejos de adolescente. Se ainda não sabia como conduzir seus passos, tinha uma certeza:

— Um dia eu vou dar um salto, assim como um trapezista no circo!

Alencar não deu ouvidos ao que Gabriel falara. Continuava seu discurso sobre fazer o pé-de-meia, antes que a velhice chegasse...

Como ele não parava de falar, Gabriel resolveu que estava na hora de fazê-lo voltar para o trabalho. As sombras do fim da tarde já se aproximavam. "Somente um assunto pode tirar esse chato daqui!" Apelando para os livros que tinha lido, desembestou a falar como um personagem enlouquecido. Dizendo trechos memorizados, ia para cima de Alencar, deixando-o constrangido. Em seguida, voltava a ser ele mesmo, para depois recomeçar sua representação. Divertindo-se ao ver Alencar sem entender nada, Gabriel foi misturando personagens de diversos livros, peças e poemas.

— Pára com isso, Gabriel! Parece que endoidou! Essa mania de viver lendo vai deixar você de miolo mole!

— Ser ou não ser doido? Eis a questão. O que é que você acha, Alencar? Responde! — Gabriel ria do embaraço do cunhado, que deu também um riso abobalhado.

— Não, assim não dá pra conversar! Até outra hora!

Gabriel se deu por satisfeito, deixando que ele partisse.

Antes de sair do quarto, Alencar advertiu:

— Tome cuidado! Quando voltar à casa das mulheres, use camisinha. Doença venérea é um horror e mata!

Parado na porta do quarto, ele viu o cunhado se afastar todo cheio de si. Ainda não passara dos trinta e parecia ter muito mais. Gabriel pensou na irmã e no filho que eles esperavam, no "lar-doce-lar", no conforto acomodado, na vidinha segura que eles, teimosamente, viviam. Sentindo--se desconfortável diante daquilo tudo, o garoto deu um pulo para o meio do corredor, gritando um verso do poeta Carlos Drummond de Andrade:

— Eta vida besta, meu Deus!

O serviço de alto-falante da pequena cidade entrou no ar, espalhando música e notícias pelas ruas. Estava na hora de tomar banho e se arrumar para encontrar a turma.

A bibliotecária

Ali no beco, num prédio inexpressivo, ficava um mundo recheado de letras: a Biblioteca Eugênio Gomes. Apesar de ser assíduo frequentador, quase um viciado, Gabriel não sabia quem era o homenageado. A encarregada de guardar os livros tinha uma vaga idéia. Sabia apenas que o homem morava no Rio de Janeiro e era doador de grande parte do acervo.

— Um intelectual, Biel! Bem que você poderia ser o nosso segundo intelectual. Esta cidade não tem vocação para ser grande! Não vê como esta biblioteca vive às moscas? Eu conto nos dedos os que aparecem por aqui.

— Deixe disso, Juliana! Não fique se lamentando!

A biblioteca assemelhava-se mais a um depósito de livros. Raramente visitada, parecia de pouca utilidade para a população. Nas tardes que ali passava procurando o que ler, Gabriel não cruzava com ninguém. A própria Juliana, que vivia entre os livros, preocupava-se mais em ler fotonovelas, revistas sobre moda e cantores. Quando não estava lendo ou bordando, cochilava ao calor da tarde.

Gabriel se acomodava na pequena sala de leitura, perdendo-se entre os personagens. Eles se tornavam seus companheiros, dizendo-lhe coisas que os personagens reais da sua vida não podiam ou não queriam dizer. Na verdade, eles até que diziam, mas, para as inquietações do menino, seus ensinamentos eram carregados de valores que ele vivia negando. Sentindo-se aprisionado pela estreiteza da vida interiorana, Gabriel procurava consolo nos dramas humanos que saltavam das páginas dos livros.

— Eu sempre tive medo de endoidecer!

— Falando sozinho, Biel? É, vai ser intelectual mesmo!

— Deixe de gozação, Juliana!

O medo de perder o juízo! De vez em quando, Gabriel tomava um susto ao pensar na possibilidade de enlouquecer. Na família, havia alguns casos de loucura. Os parentes, envergonhados, tratavam de abafar as maluquices de alguns tios e primos que tinham escapado para o outro lado. Às vezes, naquelas tardes na biblioteca, ele era acometido por estranhas sensações. Quando um livro abria uma porta para outra realidade, ele se soltava, escapando também para o outro lado. O lado da fantasia. Gabriel ficava aflito, mas não conseguia deter aquelas sensações que o faziam tremer e suar e perder o fôlego. Mergulhava cada vez mais nos enredos que os autores teciam.

Esses sintomas apareciam também no escuro do cinema, quando não desgrudava o olhar da tela, hipnotizado. Por esse motivo gostava de sentar sozinho no escuro do cinema.

Tentativa inútil, já que o cinema só fazia uma sessão por noite e os amigos sempre estavam na platéia. Os colegas mais chegados logo perceberam, achando estranho Biel se entregar às emoções daquela forma. Inseguro, o garoto terminava por dar razão a eles. Sofria tentando manter-se ora distanciado, ora envolvido pelos enredos. "E se eu ficar louco?" Mas o medo passava à medida que lia, via filmes e tocava a vida para a frente sem perder o pé da realidade.

Um dia tomou coragem e conversou com a professora Zélia. Ela olhou espantada para ele. Em seguida começou a rir. Seu riso virou uma gargalhada. Gabriel ficou chocado. Deu vontade de sair correndo da sala. Vendo o constrangimento do aluno, emendou o riso às palavras:

— Não se preocupe, Gabriel! Eu também já passei por isso! É a magia da arte. Ela possibilita a você viver, por meio dos dramas dos personagens, experiências que nunca viveu ou viverá. Por isso você se emociona tanto!

Mesmo compreendendo o que a professora explicara, Biel continuava se achando um bicho estranho. Por mais que tentasse se inserir na turma, estar próximo dos colegas e dos amigos, sabia que era feito de outra massa.

Suas reações, seus desejos, seus pensamentos confirmavam isso. As atitudes que tomava diante dos acontecimentos do dia-a-dia eram uma prova de que ele não se encaixava nos modelos que lhe mostravam. O garoto sentia-se mais velho do que seus dezesseis anos. Mas às vezes reagia com a pureza de uma criança, como se estivesse periclitando entre a infância e a adolescência, não sabendo aonde ir.

"Ah, os livros e os filmes! Como eles me fazem presente no mundo!" Quando chegava a essa conclusão, Gabriel sentia--se aliviado. E se entregava àquelas sensações que chamava de "doideira das tardes de mormaço". "Não sou um alienado, ao contrário! Os livros e os filmes me indicam caminhos a seguir!" E o garoto, sem saber como, mas com determinação quixotesca, se abria para a compreensão do mundo, mesmo que fosse o mundinho poeirento da sua cidade.

Cada vez mais ele olhava a cidade e o sertão com outros olhos. Descobria coisas novas e curiosas nos hábitos dos sertanejos, ridicularizados pela gente da cidade. Quantas vezes dissera para Neto, para Angélica, para Antônio Carlos, seus colegas de classe, e continuava a repetir:

— O sertão me encanta. Vocês não imaginam como gosto de ver a terra seca se esverdear com qualquer chuva. A gente simples lutando pela sobrevivência, se alegrando com o milho e o feijão brotando, acreditando em Deus e no diabo... Festejando os nascimentos, rezando as novenas, enterrando seus mortos.

Tudo isso despertava os sentimentos do adolescente, que guardava na memória cada história, cada sensação, como se um dia fosse usá-las para sua sobrevivência. Ele aprendia com aquele mundo sem se dar conta das profundas marcas que isso deixaria na sua vida. Da mesma forma que se alegrava, não deixava de perceber a vida sofrida daquela gente.

Com o vaqueiro Sizínio, aprendeu os segredos das veredas por onde o gado seguia. Ao ser rezado com galhos de vassourinha pela benzedeira Davina, recebeu as dádivas dos mistérios que ela sabia guardar, cheia de sabedoria. No rodopiar da doida Lavínia, gemendo e chorando no meio da rua, aprendeu a compaixão. Com o velho Pio, soube de casos e histórias contados de geração em geração.

Quando estava na biblioteca, Gabriel deixava a mente vagar. Ali, ia atrás de Fabiano, Rosa e seus filhos. Corria atrás da cachorra Baleia e se encantava com *Vidas secas*, de Graciliano Ramos. Brincava e brigava com os capitães da areia de Jorge Amado. Identificava-se com a orfandade do menino de engenho de José Lins do Rego, vivia com deuses do Olimpo e conquistava o mundo com Alexandre da Macedônia. Gargalhava com as peripécias de Emília e aprendia com Monteiro Lobato. Aventurava-se com Robinson Crusoé e Sexta-Feira. Lutava com Dom Quixote e Sancho Pança. E com o poeta de Itabira, Drummond, aprendia os sentimentos do mundo! Por meio de todos eles, aproximava-se da terra, compreendendo o que era ser brasileiro.

Naquela tarde, Gabriel estava absorvido pela leitura quando foi surpreendido pela presença de alguém parado na porta a observá-lo. Levantou os olhos e deu de cara com a professora.

— Oi, Biel!

Outra surpresa! Era a primeira vez que ela o chamava pelo apelido. Ao lado, um rapaz brincava com a mecha dos cabelos de Zélia. Confuso, Gabriel respondeu:

— Boa tarde, professora!

— O Ciro quer conhecer você...

— Oi, Gabriel. A Zélia fala tanto de você nas cartas! Conta que é um ótimo aluno. Sabe... fiquei até com ciúme! — Ciro riu, sem saber que naquele instante o ciumento era Gabriel.

O garoto morria de inveja da intimidade dele com a professora, do jeito descontraído do rapaz, da sua jovialidade e da calça Lee americana. Sentindo-se por baixo, emudeceu. Nem os elogios que Zélia fazia o deixaram contente. Sentiu-se um bobo!

Os dois se aproximaram e Ciro perguntou:

— Que livro você está lendo?

Gabriel levantou a capa para que ele pudesse ler o título. Mantinha-se distante, mas, à medida que Ciro e Zélia se achegavam, foi diminuindo a resistência. Deixou-se envolver pela conversa dos dois.

Ciro era professor na capital e fazia mestrado em filosofia.

— O que é mestrado? — indagou o garoto.

— É um título que você obtém depois da graduação. Quero ser professor universitário. Por isso estou aprofundando meus estudos na área de filosofia, pesquisando. Um dia você vai entender melhor o que é um mestrado... Quando sentir na pele. Mas deu pra entender, não deu?

— Deu, sim.

Enquanto Ciro falava, explicando mais sobre o curso que fazia, Gabriel percebia o fascínio que ele exercia sobre Zélia. Ela não escondia sua admiração. Ciro, por outro lado, tratava a namorada de forma muito especial. Eles eram diferentes dos casais que Gabriel conhecia.

O professor falou sobre muitas coisas. Foi uma conversa e tanto! Enquanto conversavam, Juliana, a moça encarregada da biblioteca, roncava.

— Podemos sair daqui levando todos os livros que ela não vai se dar conta!

— A Juliana é uma boa pessoa, mas não tem formação nem jeito pra tomar conta de uma biblioteca, Ciro! Além do mais, deve ganhar um salário daqueles! — Zélia fez um gesto com os dedos mostrando o pequeno salário de Juliana.

A tarde chegava ao fim quando Juliana avisou que estava na hora de encerrar o expediente. Eles não tinham se dado conta da hora nem da trovoada que se armara para o lado dos morros, ao norte da cidade.

A chuva encheu as valetas, formando riachos sobre o calçamento. Parados na porta da biblioteca, ficaram esperando o aguaceiro passar. De repente, como se tivessem combinado, saíram correndo sob o temporal. O rapaz tirou a camisa. Abraçado à professora, cantou bem alto:

Como um dia numa festa
Realçavas a manhã
Luz de sol, janela aberta
Festa e verde o teu olhar...

A blusa encharcada revelava o corpo de Zélia. Gabriel não conseguia tirar os olhos. Olhava, desejava e pensava: "Seus seios são lindos!". Mas logo se censurava: "Essa brincadeira na chuva vai dar o que falar...".

Ciro tomou Zélia nos braços e rodopiou no meio da praça, despertando nela uma sonora gargalhada. Gabriel correu ao encontro dos dois, mas escorregou na lama.

— Merda!

Nem teve tempo de se aborrecer. Ciro e Zélia riram da sua cara e ele riu de si mesmo: "Eu quero me divertir!".

Gabriel e Ciro deixaram Zélia em casa e depois seguiram até o hotelzinho onde ele se hospedara. Ao se despedir, Ciro prometeu:

— Vou mandar uns livros pra você, Biel! Tem um de que eu gosto muito, chama-se *Pé na estrada*. Você vai gostar...

— Quem é o autor, Ciro?

— Um americano... Jack Kerouac.

Ciro voltou-se para a porta de entrada. Ia sumindo hotel adentro quando Gabriel lembrou de perguntar:

— E a música que você cantou lá na praça?

— É de Caetano Veloso.

Gabriel saiu correndo, mas deu para ouvir o grito de Ciro:

— Se cuida, Gabriel!

Ele chegou em casa todo molhado. A mãe, que tinha largado a costura por causa dos relâmpagos, achegou-se, preocupada e cuidadosa.

— Tire essa roupa molhada e vá tomar banho. Tem uma panela de água quente no fogão! Cuidado pra não pegar resfriado.

Ele atendeu ao pedido de Eulina e saiu assobiando pela casa.

A irmã

No outro dia, assim que entrou em casa, Gabriel ouviu a irmã conversando com a mãe. Largou o material escolar no quarto e, enquanto colocava um calção, prestou atenção.

— Mamãe, você precisa dar um jeito em Gabriel. Ele não é mais um menino e você fica passando a mão na cabeça dele! Depois não se queixe! Onde já se viu... Ainda mais com a professora! O mundo está perdido. Uma pouca vergonha!

Gilca não deixava claro quais os motivos da sua indignação. Mas Gabriel deduziu e ficou superaborrecido. Ultimamente, tanto ela como o marido vinham contribuindo para tirá-lo do sério. Desde a morte do pai, tinham resolvido pegar no pé do garoto e controlá-lo. Ele podia ter ficado no quarto, mas resolveu que estava na hora de tentar dar um basta naquela situação.

Quando entrou na cozinha, sua mãe fez um gesto pedindo calma. Não queria um confronto entre os irmãos. Ao perceber o gesto, Gilca ficou mais furiosa. Começou a falar alto, para desespero de Eulina.

— Calma, minha filha. Pelo amor de Deus, não briguem. Fale mais baixo, Gilca, olhe os vizinhos!

— Eu não disse? A senhora está protegendo o Gabriel! Ele não ouve mais ninguém. Depois que o pai morreu, anda metido a ser o homem da casa. Isso não pode continuar assim, minha mãe. Esse menino anda pintando e bordando por aí. O Alencar me contou...

— Quer calar a boca, Gilca! Cuida da sua vida e me deixa! Que porre!

— Olhem os vizinhos!

— Eu não tenho que dar satisfação aos vizinhos, minha mãe. O pior é Gabriel andar por aí tomando banho de chuva, de abraços e beijos com a professora e o namorado dela. É disso que a senhora devia se envergonhar!

— Abraços e beijos? Que maluquice! Aonde você quer chegar, Gilca? De onde você tirou essa história?

— Isso não interessa! — Fez uma pausa. — Quem viu disse que a professora estava com uma blusa toda molhada... transparente!

— Ah, a rádio fofoca! — Gabriel tentou contar o que se passara. — Uma simples brincadeira na chuva, Gilca! Não fizemos nada de mais!

Percebendo que não tinha mais argumentos e que a mãe acreditava em Gabriel, Gilca resolveu mudar de assunto.

— É, você sempre gostou de andar com gente esquisita. Olhe só seus amigos! Você anda com qualquer um. Desse jeito, não vai ter um futuro que preste!

— O futuro é meu! — argumentou Gabriel.

Ela não deu o braço a torcer. Destemperou, enfileirando uma série de frases feitas. Repetia o repisado discurso de Alencar:

— O futuro! Você não pensa no futuro?

— Que futuro você deseja pra mim, Gilca? Que belo futuro eu vou ter aqui neste fim de mundo? Sabe, estou cheio desta cidade sem nenhum futuro, isso, sim! Se eu ficar dando ouvidos pra mesquinharia, pro preconceito... vou terminar meus dias num empreguinho qualquer, casado com uma moça de boa família, cheio de filhos aos trinta anos e cultivando uma barriga de cerveja!

Gilca fez menção de falar, mas calou-se.

— Não é esse o futuro que eu quero pra mim.

Gilca ouviu calada, andando de um lado para o outro com as mãos na cintura.

— Gilca, minha filha, sente e se acalme. Você não pode ficar nervosa. Olhe sua gravidez!

Gilca não prestou atenção na mãe. Virou-se para o irmão:

— Então me diga, quais são seus planos para o futuro?

— Eu simplesmente não tenho... Melhor, tenho, sim: quero me ver livre desta cidadezinha chata. Quero ver o mundo. Não suporto mais esta vidinha besta. Esta cidade não tem uma livraria, uma casa de discos, Gilca! O cinema só passa filme ruim. Uma cidade sem horizonte! Eu quero outra coisa. Você me entende?

— Não! Acho tudo isso uma besteira. Você precisa botar a cabeça no lugar. Daqui a pouco está com dezoito anos...

— E daí? Ah, e deixe a professora Zélia em paz. Tanto ela como o Ciro são pessoas decentes. Cuide da sua vida, do seu marido e do filho que vocês vão ter!

— Gabriel, é melhor você calar a boca. Você já foi longe demais. Os vizinhos... Morro de vergonha desses bate-bocas! — Eulina falou firme enquanto fechava a porta e a janela da cozinha. — Falem baixo. Poupem os vizinhos!

Gabriel percebeu a aflição da mãe, mas não conseguia se controlar. Tentava de todas as formas fazer a irmã entender seu ponto de vista:

— Eu não sou nenhum irresponsável, nenhum monstro, nenhum pervertido. Eu quero apenas uma chance de ser diferente. Eu só tenho dezesseis anos, Gilca! Eu quero outro tipo de vida... Mas não venha me perguntar qual. Eu não sei muito bem como é. Eu tenho certeza do que não quero.

— Tá vendo, minha mãe, esse menino precisa de uma prensa. Que conversa mais sem pé nem cabeça! Se a senhora não consegue, vou ter que falar com o Alencar.

— Você não se atreva! — Gabriel deu um berro, assustando Gilca. Ia continuar, mas, ao ver o espanto e a tristeza no olhar da mãe, fez um esforço e se conteve.

Tomou água fresca da moringa e sentou-se mais calmo. Enquanto Gilca resmungava, ele pensava: "Apesar de tudo, não consigo sentir raiva dela!".

Ficaram em silêncio. Eulina abriu a porta e a janela, deixando que a brisa do fim da tarde amenizasse o ambiente carregado. Em seguida, colocou na mesa um prato com sequilhos. O açúcar serenou os ânimos.

— Quando é que nasce o meu sobrinho?

A pergunta desarmou a irmã. O rosto de Gilca descontraiu num sorriso. Seus grandes olhos se enterneceram. Ela passou a mão sobre a barriga e lamentou:

— Se papai estivesse vivo! Ele ficou tão contente quando soube que ia ser avô pela primeira vez!

— Como é que ele tinha tanta certeza de seu filho ser o primeiro neto? O Ulisses não pode ter filhos por aí?

Gilca suspirou ao mesmo tempo que a mãe. O assunto morreu ali. Eulina ligou o rádio. Estava na hora da ave-maria. O velho rádio, presente de casamento dos pais dela, ainda funcionava. Para Gabriel, era um aparelho mágico.

Quando criança, adormecia no colo do pai enquanto ele ouvia o *Repórter Esso*. Uma recordação puxava outra. Aos quatorze anos, em busca de novidades radiofônicas, corria o dial em busca de um programa, uma notícia... Certo dia, lutando contra a estática, ouvira uma entrevista de Glauber Rocha. O cineasta falava sobre as filmagens de *Deus e o diabo na terra do sol* nas escadarias de Monte Santo.

O canto da ave-maria foi como um filtro calmante. Gabriel saiu da cozinha. No quintal, contemplou o pôr-do-sol dourando o céu da caatinga. Pensou na briga com a irmã e, sozinho, se deu conta: "É impossível fazer com que Gilca entenda o meu jeito. Para ela, as minhas idéias irão me levar pro caminho errado. Ela não vai me compreender nunca! E eu quero que a minha vida seja a vida das minhas idéias!".

Diante do poente, Gabriel disse os primeiros versos do "Poema das sete faces", de Carlos Drummond de Andrade. Ali, nas sombras do fim do dia, desejou que o anjo torto o empurrasse para a esquerda, já que a direita, naquele momento, representava o confinamento na cidade, as idéias atrasadas, a mesquinharia, a falta de perspectiva. Sentiu saudade de Ulisses.

Naquele instante, teve certeza de que o irmão simbolizava aquilo tudo que ele queria.

"Por onde andará Ulisses? Ele não dá sinal de vida! Será que ele pensa em nós como pensamos nele?"

Se para muitos Ulisses era o exemplo de vida desarrumada, mau exemplo, para Gabriel era a própria liberdade. Gilca, com sua vida bem sinalizada, representava tudo aquilo que o jovem temia.

O primo

Almir chegou no mesmo dia em que o carteiro entregou o telegrama avisando da sua chegada.

— Coisas dos correios! — reclamou Eulina, atrapalhada com o almoço. — Não vá se atrasar e deixar seu primo esperando por você lá no posto.

— Mãe, o atrasado é sempre o ônibus!

— Também, com essa buraqueira na estrada! Seu pai vivia reclamando! Entra governo, sai governo e ninguém dá um jeito.

— Então, é melhor a senhora se acalmar!

Não adiantou o filho pedir calma. Eulina era assim. Ficava nervosa por qualquer motivo. Não queria fazer feio diante do sobrinho, filho de uma cunhada, irmã do falecido marido.

Era sábado. Gabriel teve de deixar suas coisas de lado para ajudar. Coube a ele a faxina do banheiro, coisa que não gostava de fazer.

Mesmo com o dinheiro apertado, Eulina cozinhou um almoço caprichado. Fez até um pudim chamado veludo, receita guardada a sete chaves.

Almir tinha sido muito querido pelo tio e tratava a tia de um jeito muito especial, devotando-lhe imenso carinho. Um ano mais velho que Gabriel, o primo residia na capital desde os sete anos, quando os pais decidiram ir embora do interior. De vez em quando, Almir vinha fazer uma visita e se hospedava com a família do tio.

Quando Gabriel viu que era hora de o ônibus chegar, foi esperá-lo no local do desembarque. Ao sair, encheu o bolso com bolachas, prevenindo-se.

Fazia um calor insuportável. As ruas estavam vazias, mas no posto-restaurante, local onde o ônibus fazia a parada, o movimento era grande. Pessoas fazendo hora, passageiros que esperavam algum ônibus, curiosos, mendigos, vendedores de pé-de-moleque, de cocada-puxa, de rolete de cana e frutas da região. Um moço oferecia jalecos, sapatos, chinelos e outros artefatos de couro, impregnando o ar com o cheiro das peles curtidas. Muitas crianças maltrapilhas, nariz escorrendo, brincavam aguardando a hora de carregar as bagagens. Uma vitrola tocava um *long-play* de Waldick Soriano. Um cego dedilhava sua viola sob o sol do meio-dia.

O ônibus despontou depois da curva, fazendo poeira. Uma excitação tomou conta do lugar. Os empregados do posto-restaurante prepararam-se para atender às necessidades do motorista e dos passageiros. Barulho e confusão na hora do desembarque.

O primo foi um dos poucos passageiros a ficar na cidade. Ao ver Gabriel, abriu um sorriso de contentamento. Apertou o garoto num abraço como se quisesse protegê-lo. Perguntou sobre a morte do tio. Gabriel conseguiu balbuciar poucas palavras. Tomado pela emoção e não querendo de forma alguma chorar, tentou desvencilhar-se do abraço e das perguntas. O cobrador do ônibus tirou-lhe do aperto:

— Essa é a sua bagagem?

Almir procurou o comprovante no bolso, entregando-o para o homem. Biel pegou a mala e seguiram conversando.

O almoço foi servido em meio a muitas perguntas, que a tia não se negou a responder. Por fim, o tempero venceu a curiosidade do primo. A galinha ao molho pardo, com arroz branquinho, feijão-de-corda e chuchu refogado com leite de coco se encarregaram de silenciá-lo. Entre uma garfada e outra, Gabriel observou quanto o primo tinha mudado. Sob a pele bronzeada de praia, azulava-se uma barba bem-feita. Os poucos fios que saíam do rosto espinhoso de Gabriel eram ridículos. Corpo desenvolvido pela natação, Almir era forte e atraente. Essa constatação confirmou-se logo que as colegas de Gabriel começaram a aparecer em casa depois do almoço.

    A notícia tinha corrido como rastilho de pólvora. Ele teve certeza disso quando duas primas de Almir que não suportavam Gabriel vieram fazer uma visita, trazendo as amigas. O primo tomou conta do pedaço. Contou novidades da capital, exibiu sua calça Lee americana, suas revistas em quadrinhos e os discos que trouxera, juntamente com a vitrola portátil. Ouviram Chico Buarque cantando "A banda".

— Gosto mais de "Sonho de um carnaval"! — Gabriel vibrou.

— Eu não gosto desse tipo de música, mas me amarro nos olhos verdes de Chico! — falou uma das meninas.

— Almir, você não tem discos da Jovem Guarda? Eu adoro dançar iê-iê-iê!

Almir atendeu ao pedido da prima. A casa ficou animada. Depois de muitos meses, risos, gritos e brincadeiras invadiram a sala de visitas, o corredor, até a sala dos fundos, onde Eulina passava as tardes costurando. Volta e meia ela aparecia na sala da frente para vigiar.

Quando as visitas foram embora, o primo entregou os presentes que trouxera. Para a tia, dois cortes de tecido. Para surpresa e alegria de Gabriel, ele ganhou uma calça Lee.

— Almir, que presente bacana!

— Você deve ter gastado um bom dinheiro com essa calça, Almir, não devia ter feito isso.

— Ah, tia, foi o papai quem sugeriu e comprou. Ele disse que é pra Biel ficar na moda!

Gabriel correu para o quarto para experimentar a calça nova. Em frente ao espelho do guarda-roupa, admirou sua imagem, antevendo a calça desbotada igualzinha à que o primo estava usando. Fazia pose quando Almir entrou no quarto. Os dois ficaram de conversa fiada até a hora de sair para dar uma volta na praça.

Com o primo em casa, Gabriel foi percebendo quanto era tímido. No contato com as garotas, ficava a léguas de distância de Almir, todo habilidoso e sedutor. Com seu charme brincalhão, de quem não se leva a sério, ele sabia como cair na graça dos brotinhos. Gabriel complicava tudo. A mãe sempre dizia:

— É por causa de tanta leitura!

Gabriel pensava com seus botões: "Não pode ser!". Resolveu prestar atenção no jeito como o primo agia.

O primo sabia que era bonito. Saber-se bonito o tornava seguro. Ele agia normalmente, sem afetação. Não era um boçal, mas descontraído, solto. Vestia-se na moda. Trouxera muitas bermudas modernas e camisas coloridas em tons acrílicos, despertando comentários, já que a maioria dos garotos da cidade só vestia cores claras, sem graça. Os mais descontraídos arriscavam uma camisa xadrez ou uma listrada em tons discretos. Nos passeios pela praça, o brilho de Almir ofuscava o de Gabriel.

Quando estavam a sós, Almir ficava de cueca. Um modelo diferente da samba-canção que Gabriel usava. O garoto ficava todo envergonhado e só conseguia tirar a camisa. Almir não tinha medo de mostrar o corpo. Exibia-o com tranquilidade. Dormir pelado era um hábito natural para ele.

— Biel, você precisa mudar seu jeito! Com esse calor e você de pijama! Ainda se fosse um modelo mais moderno, mas isso é pijama de vovô! Se as garotas ficarem sabendo, vão rir na sua cara. — Almir ria e tentava de todas as formas mudar o comportamento do primo.

Os dias que Almir passou na cidade foram reveladores para Gabriel. Ao saber que ele desejava ir embora do interior, Almir torceu pelo primo.

— Você precisa ir visitar a gente, Gabriel, passar umas férias na capital. Ou, então, por que não vai continuar os seus estudos por lá? Vou falar com tia Eulina.

Ao ouvir a sugestão do sobrinho, Eulina suspirou e não disse nada. Depois, comentou vagamente:

— Seu tio queria muito que Gabriel estudasse medicina ou direito.

Quanto ouviu o comentário, Gabriel ficou pensando: "E onde fica a minha vocação? Não quero ser médico nem advogado. Eu quero outro destino pra mim!".

A garota

Ela voltou depois de muitos anos. Veio passear, visitar os parentes. Fora colega de Gabriel no primário e ele não tinha esquecido. A menina era enturmada com todos os garotos da classe. Sempre que podia, ela se enfiava no grupo dos meninos. Quando saíam para caçar passarinho ou apanhar frutas no mato, ela dava um jeito de ir junto, criando vários problemas. Nem todos os meninos gostavam dela por perto, já que tinham de controlar os palavrões e as conversas que achavam ser apenas de homem.

Gabriel e Neto gostavam muito de Sandra e defendiam sua presença na turma, mesmo quando ela causava embaraços. Quando iam tomar banho no riacho, todos pelados, rindo e jogando água uns nos outros cheios de contentamento, ela se metia no meio. Encabulados, viam a menina mergulhar de calcinha e nadar nas poças fundas entre as pedras do rio.

— Ela parece uma sereia! — dizia Gabriel, encantado com o fôlego de Sandra embaixo d'água.

Sandra era cheia de novidades, metendo-se onde não devia, deixando tudo de cabeça para baixo.

Agora, ela estava de volta. Linda, radiante, com jeito de quem vivia num mundo muito especial. Ela se tornou a garota dos sonhos de Gabriel. Seu retorno à cidade perturbou a vidinha pacata da turma. Depois de tanto tempo, encontravam-se novamente. Assim que viu o amigo, deu-lhe um abraço e um beijo.

— Biel! Como você cresceu! Ficou bonito...

Os olhos de Sandra traduziam contentamento por vê-lo. Cobriu Gabriel de perguntas. Ele, todo atrapalhado, procurava novidades para contar. Ela insistia em querer saber tudo.

— Sandra, aqui não acontece nada! Acho que você já se esqueceu de como é esta cidade! Esse é Almir, meu primo.

— Oi, prazer. Você mora aqui, Almir?

— Não. Moro na capital.

— Biel, vamos conversar. Tenho tanta coisa pra contar...

Sentindo-se deixado de lado, Almir insistiu para que fossem encontrar a turma.

— Que turma?

Assim que soube, Sandra se colocou entre Gabriel e Almir, dando-lhes os braços.

— Vamos! Não adianta inventar desculpas.

O encontro foi na sorveteria e Sandra a atração. Os garotos logo abriram a roda. Os mais afoitos e sem-vergonha foram se insinuando. Ela, toda charmosa, tirava de letra. Não dava a menor bola para os mais insistentes. Estava preocupada em matar a saudade da infância.

— Sandra, você tem coragem! Daqui a pouco a cidade inteira vai saber que você está aqui com a gente!

— E daí, Marcelo? Estou fazendo algo proibido? Se as garotas daqui têm idéias curtas, o problema é delas. Isto aqui é um local público...

— A sorveteria! — emendou alguém.

— Melhor ainda, um lugar pra tomar sorvete! — e foi fazendo o pedido sem esperar que os garotos escolhessem o sabor. — Eu pago a primeira rodada.

Todos riram. Depois de muitas confidências, risos e novidades, a garota virou-se para Gabriel:

— Me leva até a casa da minha tia.

Durante todo o caminho, não pararam um só minuto de conversar:

— Biel, vou terminar o colegial e fazer faculdade! Quero ser arquiteta.

— Acho bacana! Eu não sei ainda o que vou fazer. Tenho vontade de ir embora daqui, mas tá difícil. Depois da morte do papai...

— Biel, você perdeu seu pai? Por que não me disse? — Sandra abraçou o amigo. — Ah, que triste! Seu pai era tão alegre! Me lembro dele, vestido de mulher naquele bloco de carnaval... Como era o nome?

— As Garotas Inocentes.

Ela ficou em silêncio, mas logo em seguida voltou a perguntar sobre a vida de Gabriel e a contar sobre a sua na capital.

— Você tem namorada, Biel?

Diante da negativa, ela comentou:

— Não acredito! Você é tão... As garotas daqui não enxergam! — Sandra tomou a iniciativa, pegou a mão de Gabriel e seguiram andando como namorados.

Em frente à casa da tia, Gabriel soltou a mão da garota.

— Não seja bobo!

Ele riu, encabulado. Sob a luz fraca do poste, Gabriel olhou para o rosto de Sandra, meigo e sedutor. Deu-se conta de que a garota era muito mais amadurecida que ele. Continuaram a conversar sem pressa, embora soubessem que a hora do jantar se aproximava. Sandra passou as mãos nos cabelos encaracolados de Gabriel. O serviço de alto-falante tocou uma canção qualquer.

— Deixe o seu cabelo crescer mais. Você vai ficar parecendo um artista! Está na moda, bobo! Você não vê televisão? Me amarro nos programas musicais. Gosto das novelas, mas não tenho paciência para segui-las. A minha mãe não perde uma. Prefiro o festival da canção popular brasileira.

— Lá em casa não tem televisão. Aqui na cidade são poucas as famílias que têm e a transmissão é péssima. Tento ficar por dentro das coisas lendo jornal.

Olhando no fundo dos olhos de Sandra, Gabriel sentiu a vida fluir de outra maneira. O tédio foi vencido pela emoção. A hora era mágica e ele sentia uma grande ternura. Criou coragem e puxou Sandra pela cintura. Seu corpo se estreitou ao dela. Um formigamento percorreu os músculos, o coração acelerou qual batucada. Um rosto perto do outro. Uma boca se oferecendo. Num instante, a respiração se fez uma só, seguindo o ritmo do desejo, prolongando o beijo suave e desajeitado.

Quando Sandra desapareceu na penumbra do jardim, Gabriel ainda palpitava. Foi para casa pisando em nuvens. Debaixo das estrelas, ele era o garoto mais feliz do mundo.

Dias depois, por insistência de Sandra, foram passear na fazenda de um senhor amigo da família de Gabriel. Ela queria voltar ao riacho onde, criança, costumava tomar banho. Eulina preparou um lanche para Gabriel, Almir e Neto.

— Mãe, pode caprichar!

— Aí tem o suficiente para os três e ainda sobra!

Eulina não sabia que Sandra ia com eles. "Imagina se ela soubesse!", pensou Gabriel.

Saíram bem cedo. Quando as bicicletas riscaram o cascalho da estrada, Gabriel gritou de prazer. Ele, que sempre falava baixo e sorria desajeitado, sentiu-se seguro, contagiou-se com a alegria dos companheiros. Pela primeira vez depois da morte do pai, não se sentia tão sozinho. Era uma sensação confortante.

O cheiro do mato, ainda orvalhado sob o sol da manhã, entrava pelo nariz. Quando pararam de gritar, ouviram a revoada de periquitos e o barulho dos pedregulhos na estrada seguido do berro de um bode, que puxou outros berros. O tilintar dos chocalhos no pescoço dos animais despertava lembranças em Gabriel. Lembranças de menino, quando ia na garupa do cavalo que seu avô conduzia pelas veredas da fazenda Boa Esperança.

As últimas chuvas tinham esverdeado o ressequido da caatinga. Mulheres e crianças passavam com feixes de lenha na cabeça ou levavam balaios com produtos para serem vendidos na cidade. Vaqueiros dirigiam-se ao trabalho. O mundo despertava.

À medida que entravam pelo mato na direção da cancela da fazenda, o caminho se estreitava. Seguiam em fila única de bicicletas. Neto ia à frente, seguido de Almir. Sandra, entre Almir e Gabriel. O vento descobria a nuca da garota, deixando Gabriel com vontade de beijá-la. De vez em quando, ela olhava para trás como se adivinhasse os pensamentos de Biel e sorria.

Enquanto Neto e Almir ganhavam distância, Gabriel procurava se aproximar de Sandra, equilibrando-se no assento e tentando manter a bicicleta em movimento no terreno acidentado.

Como era conhecido do vaqueiro da fazenda, coube a Gabriel seguir em frente depois que atravessaram a cancela. Os cachorros no terreiro avisaram sobre a chegada do grupo. Dominando o centro do terreiro estava a casa-grande, avarandada. Um muro de pedra caiada a separava da casa do vaqueiro, pintada de verde e rosa. Uma imensa primavera lilás derramava seus cachos sobre a brancura do muro.

Foram para o riacho doidos para tomar banho na forte correnteza alimentada pelas chuvas no alto sertão.

Enquanto brincavam de jogar água uns nos outros, Sandra se afastou. Entretidos, só perceberam seu retorno quando ela entrou na água vestindo um biquíni que revelava o corpo adolescente. Paralisados pela beleza, os garotos não conseguiram reagir até ela gritar:

— Vão ficar aí parados com cara de idiotas? A água está uma delícia e aqui dá pra nadar. Vem, Neto. E você, Almir, não é campeão de natação?

Os dois não se fizeram de rogados. Caíram na água, que respingou refletindo a luz do sol. Riram e gritaram e deram caldo um no outro. Sentindo-se por fora, Biel ficou enciumado. Não conseguiu se contagiar pela brincadeira de Neto, Almir e Sandra. Vendo que Gabriel relutava em ir ao poço, Sandra foi até ele.

— Não banque a criança mimada!

— Não sou criança, Sandra!

— Mas está parecendo.

— Você gosta de se exibir.

— Você gostou de me ver assim. Gostou ou não?

Enquanto discutiam, Neto e Almir se afastaram. Gabriel continuou enfezado. Sandra fez um muxoxo com os ombros e mergulhou. Ao voltar para a superfície, gritou:

— Vem nadar, Biel! Vem...

O barulho da água correndo, o estalar dos galhos e das sementes no calor da manhã, o pio dos pássaros, o berro dos animais, as réstias da luz solar por entre as folhas tornavam o lugar mágico. Gabriel cedeu. A força do desejo era maior. Foi atrás dela.

Ele encostou seu corpo no de Sandra. Beijaram-se. Mergulharam. Voltaram para a superfície...

— Biel, me ajuda a boiar!

99

O padre

Sentindo-se sozinho depois que a garota voltou para a capital, Gabriel sofria. "Sou um bestalhão! Eu devia ter pedido para ela ficar mais tempo. Eu não disse que estava apaixonado! Não fui carinhoso! Ela deve ter me achado um bolha!"

Almir atormentou Biel com gozação, mas logo viajou. Gabriel ficou inseguro. "Tenho certeza de que eles marcaram pra se encontrar na capital. Almir vai namorar a Sandra! Merda!"

O garoto entrou em parafuso. Ficava pelos cantos, tinha preguiça de sair da cama. Era pura saudade. Sentia como se o mundo tivesse desabado. No começo, a mãe o deixou de lado, mas logo entrou em ação. Todas as manhãs, tirava o filho da cama para que ele fosse à escola.

— Você não pode faltar na aula, perder o ano. Tem que terminar o colegial... Vamos, Gabriel, levante!

Depois que a pasmaceira tomou conta do filho, Eulina passou a se preocupar. Como não dava conta das agonias de

Gabriel, pediu ajuda para Gilca, que trouxe Alencar a tiracolo. Os dois só fizeram encher a paciência do garoto.

Por um tempo, Gabriel se afastou dos amigos. Passou a andar pelas cercanias da cidade, olhando a vida sem mostrar interesse por nada. Até os livros deixou que empoeirassem nas prateleiras. Ia às aulas para não perder o ano. Não fazia nenhum esforço para demonstrar sua capacidade. Mantinha-se na média, com olhos nas provas finais. "Eu preciso concluir o curso pra daí pensar no que fazer!"

Nessas andanças solitárias, ele tentava entender as coisas que o deixavam confuso, inseguro e chegava à conclusão derradeira: "Eu estou me tornando uma confusão ambulante!". Gabriel ia se descobrindo, amadurecendo, mas não dava conta das transformações por que passava.

Ao mesmo tempo que se afastava do convívio com a turma, muitas vezes deixava-se tomar pelo exibicionismo atrevido. Confiante, mostrava seus conhecimentos na sala de aula, querendo a aprovação de todos. Quando os elogios vinham da professora Zélia, ele se enchia de felicidade, ficava arrogante, boçal. Assim que a professora percebeu o jogo, conversou com ele. Quando se viu derrotado, Gabriel fechou a cara, descontente. Zélia voltou à carga e desmanchou o mau humor do aluno com uma frase espirituosa, uma brincadeira. Ele terminou rindo.

— Gabriel, acho ótimo quando você ri das coisas erradas que faz. É bom rir de si mesmo!

Aquele foi um período péssimo, principalmente para Eulina, já que o filho se irritava com tudo e reagia com rispidez. Ela sofria com suas grosserias. Foi quando teve a idéia de falar com o padre. Ao saber disso, Gabriel ficou mais irritado. Exasperado, achou ridícula a idéia de conversar com o padre Tiago. Ao andar sem destino certo pelas estradinhas no campo, ele via quanto estava errado. Mas de que adiantava? Ele já tinha derramado fel sobre a mãe.

O garoto relutou muito em encontrar o padre. Este, muito esperto, não o procurou. Ouvira o pedido de Eulina e esperava que Gabriel tomasse a iniciativa. Atento, prestava atenção nas atitudes do aluno. O padre era professor de latim e, quando cruzava com Gabriel nos corredores da escola, dizia:

— Você precisa aparecer na igreja, fazer parte do grupo de jovens!

Certo dia, quando a angústia ficou insuportável, Gabriel ouviu padre Tiago.

— Sua mãe anda muito preocupada! Pediu-me ajuda... Que tal me procurar para conversar? Apareça no final da tarde, antes da hora do ângelus.

Ao se dar conta do compromisso assumido com o padre, Gabriel tratou de inventar mil desculpas para não ir. Ao mesmo tempo, sentia que era preciso enfrentar a confusão em que andava metido. "Ele pode me apontar um caminho, ver possibilidades onde eu não vejo!... Eu mesmo nem sei o que quero conversar com padre Tiago! Religião, amor, profissão?"

Gabriel não gostava da noção de pecado e culpa, talvez por viver atormentado por ela. O Deus vingativo e punitivo não estava na esfera das suas preocupações conscientes, mas no fundo temia a punição divina. Da religião ele gostava era do espetáculo, embora percebesse que as cerimônias vinham se modernizando após o concílio conduzido pelo papa João XXIII. O que mais interessava ao garoto eram os ritos do nascimento de Cristo, com seus pastores, reis e anjos, e da Paixão, com Verônica, Madalena e as matracas em dias de trevas e luto. Ele gostava daquele teatro de imagens, incenso, cantos, velas e penitentes.

Gabriel foi e voltou várias vezes da porta da sacristia, tentando se convencer da inutilidade da conversa com o padre. Por fim, decidiu. Já que estava ali, num rompante trocou a luz da tarde pela penumbra da igreja. Ao vê-lo parado sem saber se ia em frente, o padre falou:

— Pode entrar, não cobramos ingresso!

Gabriel se aproximou, mantendo-se de pé.

— Sente, Gabriel!

— Não vim me confessar!

O padre não se conteve e gargalhou. Gabriel relaxou. Padre Tiago esperou pacientemente que ele falasse, sem conduzir a conversa para nenhum assunto.

— Latim é muito difícil, padre. Aprender as declinações dá um trabalho!

— Não parece! Você sabe todas, sempre! Isso vai ajudá-lo muito, acredite. Sabendo latim, você não terá dificuldades com o português.

— Às vezes dá preguiça estudar os verbos... Mas eu gosto dos textos que o senhor dá em classe. Meus colegas não vêem sentido em estudar uma língua morta.

O padre voltou a sorrir. Gabriel foi confiando nele, deixando-se levar pela conversa.

— Sabe, padre Tiago, eu quero tanto acertar... Ser feliz!

— A humanidade quer ser feliz, Gabriel. Procure viver em paz com você mesmo e será feliz! Não fuja das suas responsabilidades, procure ser compreensivo e generoso. Procure descobrir a felicidade em cada coisa boa que faz, a cada momento.

Gabriel falou do amor e padre Tiago ficou pensativo, refletindo antes de responder às perguntas do adolescente sentado à sua frente.

— O amor, Gabriel, tem um poder transformador inimaginável! Ele nos coloca à prova a cada momento. É um sentimento para ser vivido de várias maneiras...

Entre pausas e brincadeiras, Gabriel tomou consciência de que estava diante de uma pessoa muito interessante. Em nenhum momento o padre se colocou como a autoridade que era. Deixou que o garoto falasse sobre vários assuntos. Diante das inquietações do menino sobre sexualidade, disse:

— Eu não sou a pessoa mais certa para falar sobre esse assunto, mas confesso: na sua idade, senti as mesmas coisas que você, as mesmas dificuldades, as mesmas perguntas... A vida e o sacerdócio deram-me algumas respostas, mas não acho que elas servem para você. Vou lhe emprestar um livro sobre o assunto.

Padre Tiago estava disposto a entender Gabriel, o garoto percebeu. Ouviu suas idéias com interesse, mostrando-se caloroso e bom interlocutor. Quando Gabriel se queixou sobre as dificuldades que tinha para se fazer compreender, ele ponderou:

— Seja flexível. Por mais que você ache que as coisas devam ser do seu jeito, pense sempre noutras possibilidades. Quem sabe a comunicação com os outros se torne melhor? Mas cuidado para não se acomodar. Lute pelo que você acredita...

Quando o sacristão bateu o sino anunciando a hora da ave-maria, despediram-se. O padre tinha seus afazeres.

— Volte outras vezes, gostaria de conversar sobre o papel da Igreja no mundo atual. Ela está passando por um momento importante, precisando de jovens. De jovens que olhem para a pobreza e a miséria da humanidade e queiram ajudá-la. — Fez uma pausa. — Seu irmão deu alguma notícia?

— Não.

— Promete voltar?

— Prometo. Gostei de conversar com o senhor! A mamãe vai ficar contente!

Quando ia se afastando, padre Tiago despediu-se:

— Ande com o coração em Deus e os olhos no mundo.

O poente se avermelhava quando Biel saiu da sacristia. Ao contornar a igreja, deu de cara com os amigos deitados na grama do jardim. Na penumbra da tarde viam uma revista pornográfica. Os amigos brincaram com ele, puxando-o para a roda.

— A revista é das boas, Biel! — O entusiasmo de Tony era enorme.

Gabriel deu uma olhada, mas seus pensamentos rondavam outras esferas. Ele queria chegar em casa, tomar um banho e conversar com seus botões.

O viajante

Gabriel e Neto esperavam o ônibus que vinha da capital. Queriam comprar o jornal assim que a viatura chegasse. Gabriel começara a cultivar o hábito de ler jornal, aborrecendo a mãe, que se via obrigada a gastar mais alguns cruzeiros do orçamento apertado.

— Eu preciso saber o que acontece fora daqui, minha mãe!

— Um desperdício! Já não tem o rádio?!

O ônibus, como sempre atrasado, deixou Gabriel impaciente. Neto, conversador como ele só, logo encontrou com quem bater papo. Jogava conversa fora enquanto o amigo observava o vaivém no posto-restaurante. Era um bom lugar para observar a pobreza da cidade. Ali Gabriel se dava conta de que a maioria das pessoas era pobre e negra. "Eu só tenho colegas e amigos brancos. Na escola, posso contar nos dedos quantos são os alunos negros!"

Os negros viviam nas pontas da rua, na periferia da cidade ou nas roças e fazendas. Eram estes últimos que forneciam frutas e verduras toda quarta-feira, quando a cidade movimentava-se em torno da feira livre. Os que moravam na cidade viviam de biscates e pequenos serviços. As mulheres em sua maioria eram empregadas domésticas, lavadeiras e engomadeiras. Algumas sustentavam a família vendendo cocadas, pés-de-moleque, doces de banana e balas de goma.

No posto de gasolina à beira da estrada, Gabriel, tomado pela tristeza e depois pela raiva, inquietava-se. "Como dar um jeito nisso tudo?" As conversas com o padre contribuíam para conscientizá-lo, mas como agir? O fato de a cidade conviver tranquilamente com aquelas crianças magras, barrigudas, andando pelas ruas e monturos como se a vida terminasse ali, incomodava-o.

O alvoroço afastou os pensamentos que mexiam com o garoto. Finalmente o ônibus apontou em meio à poeira. Gabriel ficou atento, queria porque queria comprar o jornal! O cheiro dos roletes de cana abriu-lhe o apetite, mas o dinheiro que tinha estava contado.

O motorista freou com prudência e desligou o motor. A parada era para almoço, os passageiros desceram apressados. Um deles chamou a atenção de todos. O impacto causado pelo moço foi tão grande que Gabriel quase esqueceu o jornal. Mas, assim que os pacotes foram desembarcados, correu para junto do jornaleiro, sem conseguir tirar os olhos daquela figura loira, cabelos derramando-se para fora do boné, mochila nas costas, sacola a tiracolo, máquina fotográfica pendendo do pescoço. A calça de brim desbotado estava amarrada na cintura por um lenço colorido, sandálias de couro e meias coloridas compondo o restante do visual do estranho passageiro.

Para espanto de Gabriel, o rapaz dirigiu-se a ele num português confuso, confirmando sua condição de estrangeiro. Com dificuldade, pediu um hotel. Gabriel indicou a pensão utilizando o pouco inglês que aprendera no ginásio!

— Posso levá-lo até lá.

— Jack — o rapaz estendeu a mão.

— Gabriel. Meu amigo, Neto.

A dona da pensão olhou o hóspede com ressalvas, mas, como sabia quem era Gabriel, resolveu aceitar o americano, ainda mais quando ele, sem criar problemas, adiantou-lhe algumas diárias.

— Gabriel, o que faz esse moço por aqui e de onde vem? — queria saber a mulher.

— Americano, senhora — Jack satisfez a curiosidade.

— Gabriel, diga pra ele que a pensão é familiar!

Gabriel explicou e Jack entendeu sem muito esforço. Enquanto a dona da pensão fazia outras recomendações, o moço pediu o endereço de Gabriel, anotou num caderno, agradeceu a ajuda do garoto e seguiu para o interior da casa. Atrasado para o almoço, Gabriel saiu correndo.

De pouca conversa, a mãe o esperava na porta da rua.

— Já estava preocupada! Esqueceu do almoço? Quem era o moço que você levou até a pensão?

Gabriel fez a maior cara de espanto.

— A rádio fofoca já entrou em ação?! As notícias correm logo! Coitados daqueles que agem de maneira inusitada nesta cidade! Quem veio contar pra senhora?

— Isso não tem importância! Você não respondeu à minha pergunta. Antes de sair por aí com gente desconhecida, você devia se preocupar em saber quem é esse moço. Um forasteiro! Pode ser um mau elemento...

— Mãe, com tantos vigias na cidade, eu não corro perigo.

O almoço foi servido entre silêncios pontuados por suspiros desanimados de Eulina. No meio da tarde, Gabriel foi acordado pela mãe. Nervosa, ela entrou no quarto.

— O moço... está aí na porta... Não entendi muito bem o que ele falou, mas acho que quer falar com você!

Gabriel pulou da cama e foi ao encontro de Jack. Sob o olhar de censura de Eulina, convidou-o a entrar. Ele agradeceu. Ao entrar na sala, observou as flores de papel crepom e as toalhas de fuxico sobre as mesinhas ao lado do sofá.

— *Beautiful!* — Com dificuldade, perguntou quem tinha feito.

Gabriel apontou para a mãe, que sorriu envergonhada.

— Você toma café?

— *Yes!...* Sim, senhora!

— Mãe, traga um suco!

Ela se retirou, eles ficaram em silêncio. Apesar do horário, fazia um calor de rachar. Gabriel abriu a janela. O suor escorria pelo rosto vermelho do visitante.

Jack contou que era andarilho. Resolvera conhecer a América do Sul antes de terminar a universidade. Aproveitava também para fugir da Guerra do Vietnã. Viajava sem rumo certo, seguindo um roteiro aberto, ouvindo sugestões, seguindo a intuição, o acaso. Interessado na produção de artefatos de couro, viera parar na cidade com a intenção de registrar o trabalho dos artesãos.

— Quero fotografar...

A conversa entre os dois era atropelada pelo pouco domínio que tinham um da língua do outro, mas encontraram meios para se entender.

Eulina serviu suco de abacaxi e café. Ele agradeceu. Ela perguntou de onde ele vinha. Ele falou sobre sua cidade, a família. Eulina ouviu atentamente. De vez em quando, balançava a cabeça.

— Vir de tão longe, meu Deus! — Ela pensava em Ulisses e temia por Gabriel...

O americano pediu licença para fotografar Eulina. Ela ficou sem jeito, mas terminou concordando. Depois, pediu para conhecer a cidade.

Jack observava tudo com atenção, fazendo comentários admiráveis. O viajante não cansava de fazer perguntas sobre o que via. Apontando a lente para os casarões antigos, registrava cada detalhe. Diante das pequenas casas de platibanda decorada com desenhos geométricos pintados com as cores primárias, fazia comparações com obras de artistas contemporâneos. O passeio pela cidade foi uma festa para Gabriel.

Durante o percurso, bisbilhoteiros indagaram sobre Jack. Gabriel respondeu o que sabia. Neto encontrou-se com eles e foram tomar sorvete. Na sorveteria encontraram outros amigos. Formou-se uma roda em torno do americano, e o papo entre eles foi superbacana. Jack falou sobre a natureza repressora da sociedade moderna. Entusiasmado, contou sobre a geração *beat* e seus escritores. Para o grupo, tudo aquilo era um assombro, mas Gabriel se lembrou da promessa de Ciro de mandar o livro de Kerouac, *Pé na estrada.*

À medida que Jack contava sobre a vida nos Estados Unidos, a universidade, a guerra, sua paixão pela fotografia, a curiosidade da turma ia sendo satisfeita.

O encontro no bar terminou quando o sino anunciou seis horas e o grupo se dispersou. Jack seguiu para a pensão. Gabriel e Neto, impressionados com tudo que tinham ouvido, ficaram de conversa até a hora do jantar.

O delegado

Gabriel e os amigos estavam a fim de aproveitar a estada de Jack na cidade. Viviam com ele para cima e para baixo, despertando a curiosidade de muitas pessoas. Se para eles as atitudes e as idéias do americano eram chocantes, no ambiente atrasado da cidade era uma revolução. Para a maioria dos moradores, a presença de Jack era uma afronta. Nos dias que passou na cidade, ele não provocou nenhum escândalo, não ofendeu ninguém. Mas o fato de ser extrovertido e de não estar nem aí para as convenções daquele mundo atrofiado amedrontava as pessoas, apesar de ser educado com todos. Diante do desconhecido, não sabiam o que fazer. Para eles, o fato de o forasteiro estar na cidade sem nenhum objetivo a não ser o de tirar umas fotos causava preocupação. De repente, começaram a hostilizá-lo.

O passeio que fizeram com Jack para que ele fotografasse as casas de farinha, os curtumes e as olarias da região deu o que falar. Foi um deus-nos-acuda. Eulina não deixou o filho sossegado.

— Gabriel, aonde é que vocês foram? O que fizeram durante o passeio?

— Mãe, eu já lhe disse mais de dez vezes.

— Minha Virgem santa! Espero que esse menino não tenha aprontado! Você experimentou alguma droga, Gabriel?

— Fique sossegada, minha mãe! Eu não tenho nenhum vício! — O garoto respondeu sem muita convicção, já que vivia pensando em sexo com tanta frequência e desassossego que se achava um viciado.

— Mãe, o Jack nos enlouquece com as suas idéias, com a sua vida de aventuras! A senhora não vê como ele é corajoso? Sair viajando pelas Américas e chegar até aqui!

— É disso que eu tenho medo. Eu já perdi o Ulisses, não quero ver você sumir no mundo!

Gabriel sorriu. Fez piada da situação, tentando tranquilizar a mãe.

Quando a professora Zélia sugeriu à direção da escola que convidasse Jack para conversar com os alunos, a bomba estourou de uma vez. Por mais que ela defendesse a importância do encontro, a sugestão deixou o diretor de cabelo em pé.

— Um estrangeiro, professora! Não sabemos nada do seu passado, nem dos seus valores, nem do seu caráter! Esse contato pode ser pernicioso para os nossos estudantes... São umas crianças e precisam ser protegidas!

— Um rapaz que lê Walt Whitman, gosta de ouvir Joan Baez e viaja em busca de outras culturas só pode ser um bom exemplo para os nossos alunos!

Diante da insistência da professora, o diretor fez ameaças. Quem se manifestou a favor do encontro foi o padre Tiago, oferecendo o salão da casa paroquial para a reunião. Tanto Gabriel como os colegas acharam que o salão era pequeno para abrigar todos os alunos, mas depois das desistências amedrontadas o grupo ficou bem reduzido.

Nada de anormal aconteceu na reunião. Estavam presentes a professora, o padre e todos os jovens interessados em ouvir o viajante. Jack falou sobre o modo de vida dos norte-americanos. Contou sobre o que gostava e o que odiava do *american way of life*. Falou da Guerra do Vietnã, criticando-a. Entusiasmou-se ao descrever o ato de fotografar e de como vinha se maravilhando e espantando com o que via durante a viagem. Fez também muitas perguntas.

No final, comeram bolo com refrigerante, ouviram música.

— Coisa mais inocente! — comentou o padre ao se despedir da professora.

No outro dia, quando Gabriel passou na pensão, foi recebido pela proprietária.

— Acho melhor você se afastar do gringo! Não fica bem pra você, filho de uma boa família, andar com um forasteiro...

— Eu não estou entendendo! A senhora sabe alguma coisa sobre o Jack?

— Saber, saber mesmo, eu não sei, mas a gente que tem hotel tem faro!

— Continuo sem entender! Quero falar com o Jack.

— Ele não está — informou a mulher, colocando um ponto final na conversa.

Com a pulga atrás da orelha, Gabriel desatou a fazer perguntas. Insistiu até conseguir saber sobre o paradeiro do rapaz.

— O delegado...

— Delegado?

— Isso mesmo. O delegado veio buscá-lo de manhã, bem cedo!

— A senhora sabe se Jack aprontou alguma coisa na cidade?

Sem obter uma resposta esclarecedora, Gabriel resolveu procurar a professora Zélia. Perplexa, ela sugeriu que ele fosse pedir ajuda ao padre Tiago, que se prontificou a acompanhar Gabriel para falar com o delegado.

— Se ele estiver preso, padre, o senhor vai ajudar, tenho certeza! Eu só quero ver a cara do delegado quando o senhor chegar à delegacia!

Foram recebidos secamente pelo delegado, que, ao ver Gabriel, apontou o dedo.

— Se o seu pai estivesse vivo, não deixaria você andar com essa juventude transviada.

Temendo a reação do delegado, Gabriel segurou o riso. Amigavelmente, padre Tiago tratou de saber os motivos da prisão.

— O rapaz não está preso, padre. Veio aqui a meu convite para responder a algumas perguntas. Só isso!

Padre Tiago não insistiu, mas intuiu: "Eles devem ter revistado a bagagem de Jack atrás de droga ou de alguma coisa que possa incriminá-lo! As fotos!". Dirigindo-se educadamente ao delegado, o padre perguntou:

— O senhor recebeu alguma denúncia? Encontraram alguma coisa suspeita com ele? O rapaz é um bom moço, delegado! É jovem, quer conhecer o mundo!

— Não encontramos nada suspeito, padre, somente uns livros em inglês, a máquina fotográfica, sem filme! O que é muito estranho, já que o moço, desde que chegou, fotografou tudo por aí!

Padre Tiago ficou intrigado, mas resolveu não esticar a conversa. Gabriel se adiantou:

— O Jack teve problemas com os filmes, delegado! Perdeu tudo! — O garoto esperou uma saraivada de perguntas. Temia o aperto do delegado, já que os filmes estavam guardados na sua casa a pedido de Jack. Achara estranha tal atitude, mas, diante da fala do delegado, deu razão ao americano.

O padre, com seu jeito manso, procurou resolver a situação da melhor maneira possível. O delegado concordou aqui e ali, mas não deu o braço a torcer. Fez um discurso sobre a moral, os bons costumes, a degradação dos valores, levando a juventude para o caminho errado. Olhava para Gabriel enquanto falava. O padre ponderou. O delegado esbravejou. Por fim, concordou em liberar Jack:

— Desde que ele vá embora da cidade o mais rápido possível. Não quero problemas por aqui, padre. A cidade é pacata e o rapaz chama muita atenção.

De nada adiantaram os argumentos do padre com relação à liberdade de ir e vir. O delegado estrilou.

— Por favor, padre! O senhor não pode defender tipos como esse! Já reparou no jeito como ele se veste? Essa gente pode ser um risco para os jovens daqui. — Olhou outra vez para Gabriel. — As idéias, padre! Elas vão chegando de mansinho e, de repente, tomam de assalto as cabeças desavisadas...

Sem querer saber quais eram os riscos que seus jovens paroquianos podiam sofrer, o padre responsabilizou-se por Jack.

— Fique tranquilo, delegado. O rapaz vai ficar na casa paroquial e, assim que puder, ele vai embora. Não podemos tratar um turista de forma agressiva. Ele não cometeu nenhuma infração e pode se queixar ao consulado.

O delegado calculou os riscos que ele corria caso o rapaz procurasse o consulado. Ponderou as perdas e danos, mas insistiu na partida de Jack. O rapaz, que estava numa sala nos fundos da cadeia, foi chamado até a entrada para receber de volta seus pertences.

— Cuidado, padre! O senhor pode estar abrigando um comunista!

O padre balançou a cabeça. Jack não conteve o riso.

— Ele pode ser um desertor, não um comunista, delegado!

— E se ele for um pervertido? — O delegado abaixou a voz, repetindo o discurso sobre sexo, drogas e iê-iê-iê.

Quando saíram da delegacia, havia curiosos em frente ao prédio. Alguém fez um comentário agressivo. Gabriel prestou atenção naquelas pessoas e identificou um sentimento ruim nos seus olhos. De repente, teve saudade do pai. Sentiu-se vulnerável, querendo sua proteção.

O calor era intenso. A respiração do garoto ficou difícil e a bexiga deu sinal de vida. Gabriel saiu correndo antes que a urina escorresse pelas pernas. Entrou num beco. Um suor frio e azedo desprendia-se das axilas, as mãos estavam pegajosas. Sentindo-se péssimo, respirou enchendo os pulmões.

Ao voltar para junto do padre e de Jack, Gabriel deu de cara com o padrinho, que saía da delegacia. Rindo, ele perguntou:

— Viu fantasma, menino Biel?

Gabriel não achou a menor graça. O padrinho fez outra piada. O afilhado fechou a cara, mas Otaviano estava de bom humor.

— O que é que vocês fizeram com o delegado? O troglodita está espumando, padre. Quando o boato chegou lá em casa, imaginei o que tinha acontecido.

— Não se preocupe, senhor Otaviano. Tudo não passou de um mal-entendido. Agora que tudo está esclarecido, vamos para casa. — Padre Tiago conferiu o relógio. — Daqui a pouco é hora do almoço e tenho um hóspede.

O grupo seguiu conversando. Gabriel foi ao lado do padrinho, ouvindo as conclusões que ele tinha tirado sobre a prisão de Jack. A conversa entre ele e o padre estava animada. Gabriel gostou de ver o padrinho todo falante. Otaviano era assim, surpreendente. Quando saía do isolamento em que vivia desde a viuvez e se deixava levar pelo bom humor, teimosamente escondido, tornava-se a pessoa mais incrível do mundo.

Em frente à casa paroquial, discutiram uma saída para a permanência do americano na cidade. Otaviano afirmou:

— Legalmente, não há nada contra ele. O rapaz tem visto de turista e não cometeu nenhuma infração. Se ele precisar de um advogado, padre, conte comigo.

— Não será preciso tirar o senhor do sossego da aposentadoria, doutor Otaviano.

— Padre Tiago, deixe de gozação! — O padrinho deu uma sonora gargalhada.

— Vamos entrar, Jack, você agora é meu hóspede!

— Padre, vou levar Jack pra almoçar lá em casa!

— Está bem, Gabriel. Bom apetite! — respondeu o padre e entrou. Otaviano acompanhou os dois jovens.

A mãe insistiu para o compadre entrar e almoçar:

— Não se preocupe... É só botar água no feijão!

Otaviano recusou. Voltava ao seu estado habitual de solitário assumido. Soltando mais uma das suas frases cheias de trágico humor, despediu-se intimando Gabriel a visitá-lo.

— Tenho um assunto sério pra tratar com você, rapazinho!

Dias depois, Gabriel acompanhou o viajante até o posto. Jack seguia sua viagem.

— Você devia regressar para a capital!

— *No way!* Eu vou conhecer o alto sertão. Não posso deixar minhas anotações incompletas. Mostrou vários cadernos com registros diários da sua viagem, desde que deixara a América do Norte. Ao se despedir, abraçou Gabriel e, para escândalo de muitos, deu-lhe um beijo na face.

Surpreso, Gabriel ficou sem jeito. "Como explicar pros meus amigos ter sido beijado por um homem? Minha irmã, quando souber, vai ficar furiosa!" Deu de ombros. "Paciência! O que não tem remédio remediado está!"

O ônibus partiu. Gabriel ficou parado até ele sumir na poeira.

A namorada

Tudo começou no dia da festa de aniversário de Isabel. Conforme o combinado, Neto passou na casa de Gabriel para irem juntos. Era festa de quinze anos e os dois vestiram as melhores roupas. Neto estava tão cheiroso que Gabriel não resistiu:

— Você tomou banho de perfume, Neto?

Neto não gostou. Na verdade, Gabriel estava com inveja e foi atrás da mãe: — O pai não tinha um perfume gostoso?

— Parece que você já se esqueceu dele! Seu pai não suportava nem loção de barba! Tem o meu, quer?

— Perfume de mulher, mãe! — Mas Eulina não se fez de rogada e carinhosamente entregou ao filho o vidro de alfazema. Gabriel sentiu-se criança ao espalhar o conteúdo pelos cabelos e pescoço.

— Devagar, Gabriel! Vocês vão embebedar os convidados com tanto perfume. — Eulina brincou. O filho deu de ombros. Neto achou graça.

— Você está precisando cortar os cabelos! Devia ter cortado para ir à festa. Se não for ao barbeiro, suspendo os trocados da mesada.

Como era cedo, Gabriel e Neto ficaram de conversa fiada. Neto insistiu:

— Depois da festa, vamos à casa da Filó! Você topa?

— Ih, cara, você só pensa nas meninas da Filó!

— Vai ou não vai?

— Estou sem vontade, Neto.

— Hum, depois daquele beijo... Você ficou diferente!

— Vá à merda, Neto. Tá me estranhando? — Gabriel deu uma banana para o amigo e fechou a cara.

Para quebrar o gelo, Neto mudou de assunto:

— Então vamos zoar pela cidade!

— Neto, acho melhor você tomar cuidado, qualquer hora o delegado te pega!

— O delegado só está interessado em pegar comunista... americano e ladrão de galinha! — Ele conferiu as horas. — Ainda temos tempo. É bom chegar com a festa começada! Quer um cigarro?

Saíram para o quintal. O Continental fez a garganta doer. Gabriel reclamou:

— Não consigo fumar essa porcaria! Não sei como você consegue!

— Estou sem grana pra comprar cigarro com filtro.

— Pra mim, é tudo uma porcaria só! Papai se acabou de tanto fumar! Eu não quero esse vício pra mim!

Neto não estava nem aí, soltava a fumaça azulada pensando nas meninas.

— Vamos encontrar cada belezinha na festa! Joana, Flávia, Márcia, Carolina. Sou louco pela Carolina! E você, Biel, tá de olho em quem?

Gabriel fez segredo. Neto insistiu, sem conseguir arrancar nenhuma confidência do amigo.

— Vamos chegar e ganhar todas, Biel. É só jogar charme! Chegar e recuar, não entregar o jogo. O negócio, meu irmão, é impressionar. Vou dar umas dicas pra você, Biel. Eu não me conformo! Você, tão letrado, não consegue levar um papo firme com uma garota.

— Estou de olho na filha do dono do armarinho.

— Essa é séria demais e tem um pai que é uma fera, Biel! Você precisava de uma garota mais experiente, mais espevitada. — Gabriel riu ao ver Neto fazendo de conta que era a garota espevitada.

Antes de pegar o caminho da festa, foram se olhar no espelho, verificar se as roupas estavam amarrotadas. Na saída, a mãe fez as recomendações de sempre:

— Nada de bebida! E você também, Neto, sua mãe não vai gostar de saber que você bebeu na festa! Não quero ouvir fofoca sobre vocês!

— Não se preocupe, dona Eulina, eu cuido do Biel!

Eulina fez um gesto com a mão.

— O mundo está perdido! Gabriel, não deixe de cumprimentar os conhecidos e agradeça o convite. Cuidado pra não amarrotar o presente!

— Mãe, que embrulho mais chamativo é este?! Eu vou pagar o maior mico quando chegar na festa com este carro alegórico!

— Agora vão pra festa. Boa noite e divirtam-se! Ah, e nada de álcool! — Eulina ficou na porta vendo o filho e o amigo se afastar.

Antes de chegar à casa de Isabel, Gabriel e Neto conferiram as roupas e verificaram se as solas dos sapatos estavam limpas. Por conta da tensão, Gabriel transpirava seiva de alfazema. As mãos estavam úmidas.

A turma estava concentrada na calçada, encostada no muro do jardim ou nos carros. Gabriel e Neto foram recebidos com brincadeiras, apertos de mão, tapas nas costas. As garotas, na entrada do jardim, espremiam-se entre risinhos, cochichos, olhares e comentários.

A festa ainda não esquentara e os garotos mediam o terreno. Gabriel se deu conta do presente e, antes que o embrulho se desmanchasse em suas mãos, resolveu entrar. Ao passar pelas meninas, uma delas, propositadamente, não se afastou. Ficaram naquele empurra-empurra, provocando um ligeiro frenesi no grupo. Depois de algum esforço, Gabriel conseguiu se afastar do mar de perfume e foi para a sala em busca da aniversariante. Uma garota que andava pegando no seu pé se aproximou.

— Que pressa! Boa noite, Gabriel!

— Oi, Viviane! Preciso entregar o presente pra Isabel.

Antes que ele escapasse, Viviane foi atrás falando, perguntando, deixando Gabriel tonto.

Diante de Isabel, Gabriel ficou confuso. Não sabia se dava a mão ou se beijava a aniversariante. Como a donzela tinha um pai que era uma fera, concluiu que a melhor atitude era cumprimentá-la com um sorriso simpático. Mas a mãe de

Isabel se encarregou de socorrer o garoto e deu um jeito na sua confusão. Coquete e muito expansiva, perguntou:
— Não vai beijar a aniversariante, Gabriel? Filhinha, cumprimente o Gabriel!

Sentindo-se ridícula pelo tratamento infantil, Isabel fulminou a mãe. Viviane se agarrou ao braço de Gabriel e, por mais que ele tentasse se aproximar de Isabel, não conseguia. Por fim, tentando sair do aperto, desvencilhou-se de Viviane sem medir a força do impulso, despencando nos braços da aniversariante e levando-a ao chão com ele.

Depois da cena desastrada, Gabriel escapuliu. Encostado na parede do corredor, queria sumir. Sentiu o suor escorrer pelo pescoço. Ao ver alguém estendendo um copo, não teve dúvida: agarrou sem saber o que continha. A bebida desceu queimando. Ele teve vontade de soltar um palavrão, mas, diante do sorriso de Isabel, que lhe servia outra bebida, conteve-se.

— É guaraná! — Ela se aproximou e, sussurrando qual sereia, pediu: — Não dance com a lambisgóia da Viviane. Ela pode derrubar você novamente! Dance comigo, Biel!

A vitrola estereofônica encheu a sala com uma canção melosa, daquelas que enjoavam Gabriel. Mas ele não teve como escapar. Deslizou para a sala puxado por Isabel. "Eu, que adoro Beatles, tenho que me contentar com um bolero de rosto colado! O pior de tudo é que não sei dançar direito!"

— Relaxe, Biel! É só dar dois passos pra lá e dois pra cá!

O primeiro sapato de salto da aniversariante ficou todo manchado pelas solas do Vulcabrás. Mas o melhor de tudo é que os dois se entenderam.

— Não me chame de Isabel!

— Esse não é o seu nome, Isabel?!

— Pode me chamar de Bebel! Gosto mais.

E, de conversa em conversa, Gabriel descobriu que Bebel despertava fantasias e sonhos enquanto a música rolava dolente. O perfume da garota era suave, coisa fina.

— Foi presente do meu tio. Veio da capital. Você está cheirando a bebê! — Gabriel não gostou do comentário. — Eu gosto...

Gabriel derramou-se em elogios. Disse versos e frases decoradas dos romances que lera. Ficou meloso e ela derretida. Puxou Bebel para junto do seu corpo, ela resistiu. Puxou novamente... e Bebel cedeu um pouco. Uma música emendou na outra e eles não prestavam atenção em mais ninguém. Dançavam entre os pares como se só eles dois existissem. Pararam apenas na hora da soleníssima e chatíssima valsa.

Gabriel aproveitou e escapuliu para o banheiro.

Na volta, procurou outra bebida. "Quero alguma coisa refrescante!" Encontrou. Virou um copo e outro e mais outro. Perdeu a conta. De repente, sentiu a sala girar.

— Acho melhor você parar de beber! Ainda é menor e bebida não presta, faz mal. — Dona Izaura, secretária da escola, foi firme com o garoto.

Gabriel largou o copo pela metade e saiu de fininho. Terminada a valsa, esperou a fila de pretendentes para dançar com Isabel.

— Que aporrinhação!

Neto aguentou as reclamações e devolveu em gozações.

— O Bielzinho está gamado! Viu passarinho azul!

— Dá o fora, Neto, vai procurar a sua turma!

Neto aceitou a sugestão. Ao passar por Magnólia, ela piscou para ele.

— Essa garota é minha turma, Biel!

A aniversariante continuou dançando com outros convidados e Gabriel ali, encostado na parede, sofria e esperava. Uma amiga de Isabel chegou até ele e segredou:

— A Bel pediu pra você tirá-la pra dançar.

— Agora?! Mas ela tá dançando com o juiz! E se ele ficar com bronca de mim?

Enquanto rodopiava nos braços do juiz, Isabel pedia com os olhos para que ele viesse socorrê-la. Gabriel esperou até receber a segunda intimada. Criou coragem. Pediu licença e trouxe Isabel para seus braços. A mãe da garota socorreu o juiz.

De olhos fechados, o garoto conduziu Isabel, deixando-se guiar pelos outros sentidos. Sentia seu hálito, seu corpo por baixo do tecido bordado, sua pulsação. Ouvia os sussurros e a música. Os olhos de Isabel brilhavam enternecidos. Um rosto se aproximou do outro. As bocas se achegaram e eles explodiram contentes.

Sentiram-se num imenso salão. Somente os dois e a orquestra. As luzes piscavam, derramando pingos coloridos sobre os dois. Pétalas de rosa perfumavam o ar. Como um personagem de filme colorido em cinemascope, Biel dançava com sua amada. De repente, o encanto se quebrou.

— Gabriel, comporte-se! Você está dançando muito agarrado! Não queremos sair da festa envergonhados! Todo mundo já está falando! — Gilca e Alencar dançavam próximos ao casal. A irmã continuou: — Deixe a Isabel dançar com outros garotos. A aniversariante precisa receber bem os convidados e você está sendo inoportuno!

Gabriel quis gritar, espernear, xingar, mas saiu da sala tonto de raiva e de cerveja. Foi para o jardim, onde soube pelos amigos que um dos irmãos de Isabel estava querendo brigar com ele.

— O cara é mais forte que você, Biel! Ele vai quebrar você na porrada! Vamos embora daqui.

— Eu preciso me despedir da Isabel, Neto!

— Deixa um recado com a Magnólia. Vamos, Biel!

E lá se foram os dois acompanhados por outros amigos. Biel não se conformava com a retirada.

Na manhã seguinte, o enamorado acordou com toneladas na cabeça e um gosto amargo na boca. A mãe, preocupada, quis saber o que ele tinha aprontado. Mais uma vez a fofoca correra ligeira, deixando Gabriel aborrecido. Espichado na cama, desejou sair da cidadezinha, mesmo sabendo que deixaria para trás os mais belos olhos de se ver e a boca mais gostosa de se beijar.

O primeiro encontro de Isabel e Gabriel depois da festa foi no cinema. Estavam tão preocupados em se beijar que não viram o filme. Entre um beijo e outro, ela confidenciou:

— O papai não quer o nosso namoro! Ele disse que você é muito invocado, Biel! Meu irmão acha você estranho, maluco... Mascarado!

— Poxa! Ninguém me defendeu?

— Somente a minha irmã caçula está torcendo por nós! Ela acha você o máximo! Só fez elogios. Disse que você é bacana! A mamãe lembrou que sua família é do mesmo partido e...

— Já sei. Aquelas bobagens de sempre!

Dias depois, desafiando o pai e os irmãos de Isabel, Gabriel reuniu os amigos mais queridos e, numa noite de lua crescente, fez uma serenata em frente à casa da garota. Sabendo que desafinava horrores, Gabriel pediu para que Neto levasse a vitrola portátil. Roberto Carlos e Chico Buarque foram os seresteiros, enchendo a noite de música e poesia.

O padrinho

O fim do ano se aproximava, aumentando a ansiedade de Gabriel. "O que é que eu vou fazer depois que terminar o colegial?" A pergunta rodopiava, constantemente, entre os inquietos pensamentos do garoto e as tarefas para a festa de encerramento das aulas. Gabriel fora escolhido orador da turma para a cerimônia de entrega dos diplomas de conclusão do curso. Não acreditou quando seu nome foi sugerido e aceito pela maioria.

— Inacreditável, Neto! Eu, que tenho sido o esquisito, o fora do eixo, o sempre à esquerda! Eu, que procuro o anonimato, sou arrastado pra cena. Estou com medo de dar vexame!

— Que vexame, que nada! Você é capaz e vai fazer um discurso muito bom!

— Meu medo é outro... — Mas Gabriel não disse qual era. Ele sabia a oportunidade que tinha nas mãos para fazer uma provocação. A tentação era grande! Embora temesse a reação dos convidados, das famílias e dos colegas, sentia prazer antecipado. As idéias novas, que tinham surgido provocadas pelas leituras, deixavam o garoto excitado. Não fosse sua timidez, ele já teria se aventurado em situações que certamente desencadeariam reações negativas.

O garoto voltava a pensar na cidade e no futuro: "Se eu ficar aqui, a pasmaceira vai tomar conta dos meus dias. Vou me conformar com pequenas alegrias ou, então, libertar o pequeno monstro que há dentro mim e virar uma pessoa ruim!". Gabriel sentia que dentro dele havia duas coisas querendo crescer, uma boa e outra muito ruim. Reprimindo seu lado bom, a fera saltaria surpreendendo a todos.

Inquieto com tantas perguntas e sem se dar conta das transformações operadas na mente e no corpo, Biel vagava entre a inércia e a euforia. A mãe, assustada, só fazia rezar e redobrar os cuidados. Ele sofria sem saber como retribuir seus carinhos e preocupações, já que vivia oscilando entre o bom menino que era e o rebelde desejoso de querer o mundo. Vivia confuso.

Foi nesse estado que chegou à casa do padrinho, atendendo ao seu chamado. A velha empregada veio recebê-lo e com dificuldade abriu a pesada porta do casarão, o mais antigo da cidade.

— Bom dia, dona Menininha!

— Bom dia, meu filho! Como vai sua mãe? Você anda muito sumido. Devia aparecer mais, pra ver o seu padrinho. Ele anda muito sozinho.

O piso de tábuas corridas brilhava de tão encerado. A pouca luz vinda da única janela aberta deixava os móveis, os objetos antigos, os quadros e o piano da madrinha na penumbra. A casa estava tal qual ela deixara. Dona Menininha, ajudada por Adelina e Justino, mantinha tudo arrumado como se a dona da casa ainda estivesse entre eles.

— Seu Otaviano está no quintal!

Ao passar pela varanda rumo ao quintal, o cheiro do piso de barro cozido, havia pouco lavado, provocou em Gabriel saudades indefinidas.

O padrinho estava cuidando do quintal, misto de horta, jardim e pomar. Em meio às talhas de barro com água aparada da chuva, objetos esperando para serem jogados no lixo e velhos arreios de montaria, os bichos ciscavam. O cachorro e os dois gatos dormiam preguiçosamente na sombra.

— Padrinho!

— Bom dia! Até que enfim, Gabriel! — Otaviano não parou de mexer no pequeno alambrado onde um chuchuzeiro derramava-se pesado de frutos. — Sua mãe me contou que você vai ser o orador da turma. Parabéns!

— O senhor acha que eu tenho condições... Não vou fazer feio?

— Isso quem sabe é você! Mas, quando o discurso estiver pronto, traga pra eu dar uma olhada. Não quero passar vergonha na platéia! — Otaviano riu.

Gabriel percebeu o tom de brincadeira e relaxou.

— Você é um garoto inteligente, vai se sair bem! — O padrinho sentia orgulho do afilhado, e era disso que Gabriel mais precisava. — Não vá me fazer um discurso quadrado. Não é assim que vocês falam? Não precisa ser comportado, nem sisudo, nem chato! Um pouco de rebeldia vai quebrar o marasmo da festa e a empáfia do diretor.

Gabriel! tomou um susto e olhou o padrinho com outros olhos. Aquele homem de idade indefinida, que ao enviuvar voltara-se para um mundo todo seu, surpreendia o afilhado.

Adelina trouxe uma jarra com refresco de jenipapo.

— Biel, você tá ficando é bonito! Deve ter uma porção de meninas de olho em você!

Otaviano bebeu um gole, enxugou o suor e seu olhar perdeu-se pelo quintal. Gabriel tomou o segundo copo.

— Se o compadre estivesse vivo, ia ficar contente por você, Biel! — Diante do desinteresse do afilhado, Otaviano olhou-o com firmeza e não precisou dizer mais nada. — Seu pai morreu muito cedo... essas coisas não têm explicação. Acontecem e são assim porque são. Mas ele tinha muitas coisas para fazer!

Gabriel ouviu o padrinho contar coisas a respeito do pai que nunca soubera. Otaviano fez severas críticas ao compadre, mas, no saldo dos seus sentimentos, o que ficou do falecido foi o retrato de um homem que se entregara à vida por inteiro.

— Ele não foi mais longe porque decidiu que a vida dele era aqui neste fim de mundo! Quando solteiro, seu pai viajou muito, Gabriel. Aprendeu, alargou a mente... Ao voltar, tinha muitos sonhos. Desejava mudar a cidade, fazer coisas... Escolheu a política como caminho. Por meio dela, pretendia... — Otaviano balançou a cabeça e prosseguiu: — Quando descobriu que a utopia não passava pelos partidos, desencantou-se!

A manhã avançou. O sol forte afastou o padrinho do quintal. Antes de entrar, tirou a camisa e pediu que Gabriel derramasse uma jarra de água sobre sua cabeça para refrescá-lo.

Acomodado na cadeira preguiçosa, Otaviano respondeu

às perguntas que o afilhado fez sobre o pai. Ao perceber que a curiosidade de Gabriel entrava pelo terreno pessoal e íntimo, Otaviano respondeu o que ele já sabia e encerrou o assunto.

— Você é muito jovem para carregar o peso da vida do seu pai. Depois, o passado é passado! Vamos ao que interessa... O amanhã! O seu amanhã, Biel! — A voz de Otaviano, embora firme, ficou mais serena. Seus olhos brilharam. — Você se preocupa com o futuro?

— Padrinho, se o senhor vai falar do futuro como o Alencar fala...

Otaviano deu uma sonora gargalhada.

— Fique tranquilo. Não sei o que Alencar pensa do futuro, mas imagino... Eu penso no futuro de outro jeito.

A hora do almoço se aproximava. A mesa estava posta para duas pessoas. Adelina trouxe uma garrafa e a deixou sobre a mesa. Otaviano fez um sinal.

— Adelina, faz um favor, traz mais um cálice. Esse frangote aí vai tomar um vinho que jamais esquecerá! Vamos comemorar a sua ida para a capital no ano que vem! Já está na hora de você pensar em que curso vai se matricular para fazer a faculdade.

— O senhor está brincando!

— Por que eu brincaria com uma coisa tão séria?! Visando a sua ida para a capital, seu pai deixou recursos sob os meus cuidados. Você vai morar no pensionato de minha irmã e receberá o necessário para tocar sua vida de estudante. O futuro agora é com você, meu jovem! Você tem todo um futuro...

— Pela frente! — Gabriel completou cheio de esperanças.

— É isso aí! Vou torcer por você...

A notícia despencou como uma bomba sobre Gabriel. Uma pontada na bexiga o fez correr para o banheiro. Controlou o pânico aliviando-se. Depois, invadido por uma alegria imensa, vibrou diante do espelho. Estava tão eufórico que nem mesmo as espinhas entre os escassos fios de barba incomodaram. Fez cara de vencedor. Sorriu. Fez caretas. Num minuto, listou as pessoas para quem contaria a novidade. "Neto vai ficar feliz. A Bel, nem tanto! Minha professora vai vibrar! Padre Tiago vai me aconselhar!" Olhando-se no espelho, Gabriel viu o reflexo de um garoto sonhador à espera de todo um futuro...

O padrinho aguardava o afilhado. A comida fumegava. Enquanto Gabriel enchia o prato, querendo experimentar de tudo, ele contava sobre a capital. Relembrou seus tempos de estudante de direito e de como deixara a profissão para envolver-se nos negócios das fazendas.

— Na verdade, Gabriel, eu não queria ser advogado. Quando descobri, já era tarde. Escolhi o direito para satisfazer as expectativas de meu pai. Ele dizia sempre: "Uma família de bem tem que ter um médico, um advogado ou um engenheiro". Deixei-me levar pela sua vontade, mas, antes que me tornasse um frustrado e péssimo profissional, chutei o escritório e fui cuidar da terra. Mas agradeço ao meu pai por ter me mandado estudar na capital. Lá eu apurei o meu gosto, abri os meus olhos... Depois vieram as viagens. Conheci o país de norte a sul e depois fui visitar a Europa...

Otaviano fez uma longa pausa. Gabriel esperou, saboreando a carne-de-sol frita com purê de aipim. O padrinho estava falante naquela manhã.

— Quando retornei, eu tinha um mundo aqui dentro! — Otaviano apontou para o coração. Gabriel esperava que ele apontasse para a cabeça. — E não me importava mais com este ou aquele lugar para viver. Eu tinha a terra, a imaginação e Anita... O resto foi consequência!

O olhar do padrinho atravessou a janela, perdendo-se nas serras azuladas do longínquo horizonte. Um sabiá cantou na mangueira. O cheiro da ambrosia deu água na boca.

— Tem cocada branca e goiabada com requeijão! — disse dona Menininha enquanto servia ambrosia dourada na louça branca.

Assim que terminaram de almoçar, Gabriel despediu-se de todos. Conhecia os hábitos do padrinho. Ao sair da mesa, ele se entregava à sesta, sem levar em conta a importância do hóspede ou visitante. Antes de se recolher, ele acompanhou Gabriel até a porta e marcou novo encontro.

— Temos muito que conversar e organizar até a sua viagem. — Antes de fechar a porta, passou a mão nos cabelos de Gabriel. — Biel, não se esqueça... Encontre a sua porção de felicidade!

No caminho para casa, Gabriel foi agradecendo ao pai os planos que fizera. Quanto à mãe, queria chegar em casa e cobri-la de beijos, mesmo sabendo que ela, coitada, aterrorizava-se com a possibilidade de perder o filho na capital. Mas Gabriel já tinha a resposta pronta para tranquilizá-la:

— Não se preocupe, minha mãe! Lá eu vou encontrar... Um dia você vai se orgulhar por ter incentivado papai a fazer economias pra que eu pudesse ir para a capital!

Ao passar em frente à casa de Neto, Gabriel não se conteve. Precisava contar a novidade, dividir sua alegria.

Quando entrou em casa, Eulina percebeu: havia pura esperança nos olhos do filho. Ele estava diferente e não precisava perguntar o que ela já sabia. Olhou-o de tal forma que Gabriel ficou sem saber se ela queria mesmo que ele fosse para a capital. Eulina deu-lhe um forte e carinhoso abraço. Seu corpo tremeu, ela chorou. Gabriel não conseguiu encarar aqueles olhos verdes, líquidos de tristeza. Fez força para não chorar. Segurou as lágrimas até não aguentar.

— Não vou te esquecer! Prometo! — disse baixinho.

O irmão

Preparar a partida tornou-se um ritual. O padrinho fez várias visitas, Eulina se esforçava para dar conta da nova situação. Foi aí que as lembranças do irmão se fizeram mais presentes. Tanto para ela como para Gabriel. Nos pensamentos, nas conversas, Ulisses se intrometia como um fantasma a assombrá-los. Gabriel tentava de todas as formas agarrar-se ao fato de que Ulisses fora embora livrando-se da mesmice que ele odiava. Não sabia se os motivos do irmão tinham sido os mesmos que os dele, não sabia se teria coragem de sumir no mundo como Ulisses, que não dava notícias, não voltava.

Enquanto Eulina sofria por não saber o paradeiro do filho mais velho, Gabriel fantasiava. Imaginava mil e uma situações para a vida de Ulisses. Via-o como um homem bem-sucedido, rico, frequentando a alta sociedade, esquecido das suas origens. Outras vezes, Ulisses se tornava um homem misterioso envolvido em negociatas no exterior, comércio de pedras, contrabando, lavagem de dinheiro.

Gabriel transformava a vida de Ulisses num romance barato ou num filme de segunda.

Na maioria das vezes, imaginava-o como um homem qualquer, trabalhando para sobreviver, dando duro para sustentar uma família. Quando a mãe reclamava da falta de notícias, o menino pensava: "E se Ulisses estiver preso ou morto? Não, morto, não!".

Gabriel não sabia de onde tirava essa certeza, mas ela era tão forte e inabalável que ele se acalmava. "Eu sei que ele está vivo e um dia vai dar notícia... Quem sabe me chamando pro lado dele?!"

— Mãe, será que o Ulisses foi embora pra outro país? Às vezes sonho que estou indo encontrá-lo. Está nevando e ele me recebe em sua casa. Diante da lareira, a sua mulher tem no colo um bebê moreninho de olhos verdes como os seus!

— Você anda lendo muito, Gabriel! Eu já não penso em mais nada. Quero apenas que ele esteja vivo! Espero que ele tenha se encontrado.

Gabriel fantasiava. Era uma forma de resolver consigo mesmo o desaparecimento do irmão. Fantasiava e não tinha o menor pudor de contar para a família. Gilca achava tudo um disparate, mas às vezes deixava-se envolver nas histórias de Gabriel, agarrando-se em alguma coisa para diminuir a saudade.

Gabriel lembrava-se do irmão fazendo pose em frente ao espelho, ajeitando o cabelo *à la* Elvis Presley e conferindo se a camisa de malha Banlon lhe assentava bem. Vaidoso, quando ficou mais velho passou a posar de conquistador, boa-pinta, boa-praça. Ao vê-lo jogando no time de futebol ou rodeado de garotas, Gabriel o invejava. No entanto, à medida que foi crescendo, percebeu que Ulisses também mudara de atitude. Não era mais aquele rapaz preocupado com futilidades. Passou a ler uns livros que não mostrava para ninguém, muito menos para Gabriel. Mudou de companhia e de vez em quando, para provocar o pai, falava mal do governo.

Deitado, Gabriel olhou para a cama que tinha sido de Ulisses e sentiu algo estranho. Era como se a cama nunca tivesse sido ocupada, contudo sua presença no quarto era uma prova da existência do irmão. Desde que partira, a mãe mantivera seus pertences para o caso de um dia regressar. Ultimamente, por necessidade, Gabriel dera de vestir algumas roupas esquecidas no armário.

O garoto deixou de lado os pensamentos sobre o irmão, concentrando-se nas idéias para o discurso de formatura. A festa estava sendo preparada e, ainda que ele achasse aquilo tudo um saco, era solidário com os colegas. Trabalhava para que a festa fosse bonita, mesmo ironizando a seriedade com que alguns queriam cercar o evento.

Com relação ao discurso, por mais que tentasse deixar de lado o deboche, as idéias vinham carregadas de ironia. Um sentimento destrutivo tomava sua mente e ele se perguntava: "Terei coragem de colocá-las no papel?". Por enquanto, na segurança do seu quarto, ele estava decido a dizer o que tinha vontade. "Ah, como isso é bom, dizer o que se tem vontade!", concluía Biel, sem levar em conta que nem sempre se pode dizer o que se quer. Mas só vivendo é que se chega a essa certeza.

Gabriel releu as anotações que fizera no caderno e constatou: "Está tudo muito bom! As minhas pequenas maldades!". Riu. "É o momento certo para eu me vingar!" De repente, o sorriso desapareceu do rosto juvenil e a dúvida se apossou dele: "Será que não estou sendo egoísta, não me importando com os colegas que me escolheram como o orador da turma?". Foi um custo admitir que agia errado. "Eu quero esculhambar com a escola, com a cidade e sua vidinha provinciana, com os bacanas metidos a besta... Aproveito a oportunidade para rir de tudo. Rir dos medíocres que se acham vencedores. Rir do mundo das aparências. Brincar com a empáfia das certezas e das perspectivas estreitas! Mas será que estou agindo certo?"

Eulina bateu à porta do quarto, afastando os pensamentos de Biel, com um aviso:

— Gabriel, Davina está na cozinha esperando por você. Ela quer lhe benzer. Venha!

O hábito de benzer os filhos por uma rezadeira Eulina trouxera da casa paterna. À medida que Gabriel fora crescendo, deixava-se rezar para não aborrecer a mãe e não ofender a senhora, que tinha a maior boa vontade e executava sua reza com simplicidade e crença inigualáveis. Ao catar as ervas no quintal, Davina exercia uma sabedoria toda especial, avaliando a importância de cada uma delas, separando aquelas que achava necessárias para o ofício do dia. Solene na sua simplicidade, pediu para Gabriel sentar diante dela.

Naquela tarde abafada de ar parado e moscas voejantes, enquanto a rezadeira passava as folhas sobre seu corpo, Gabriel encontrou estímulo para refazer o discurso: "Em vez de me preocupar em ridicularizar o mundo em que vivo, posso falar sobre os humilhados e ofendidos da minha terra. Vou homenagear os que vivem à margem".

Murmurando palavras ininteligíveis, Davina benzeu o garoto até que as folhas murcharam.

— O menino tá muito carregado, sinhá! — E, virando-se para ele, completou: — Gabriel, quem vive na tristeza cava seu próprio túmulo!

Davina encerrou a benzedura. Assim que ela jogou as folhas num canto do quintal, Gabriel agradeceu e correu para o quarto. Nem o cheiro do café acabado de coar desviou seus passos. A rezadeira resmungou qualquer coisa e entrou na cozinha.

Olhando a foto do irmão sobre a cômoda, Gabriel teve certeza das diferenças entre ele e Ulisses. "Vou terminar o colegial daqui a poucos dias. Sou o orador da turma e vou estudar na capital. Um dia talvez a gente se encontre! Aí, sim, eu vou poder saber, realmente, o que sinto por Ulisses..."

O ano estava chegando ao fim. Em 1967, Gabriel faria dezessete anos e partiria para a capital. Ainda tinha pela frente dois meses de espera no interior. Eulina sentiria sua falta e ele também. Mas a certeza do regresso nas férias alegrava os dois. Ela repetia sempre:

— O afastamento vai ser bom para nós dois, Biel! Vou reaprender a viver!

Gabriel gostava de ouvi-la falar assim. Quanto à irmã, já

não se desentendiam. Gilca preocupava-se com o filho que estava para nascer.

Gabriel gritava por descobertas. A cidade grande o esperava. Do seu encontro com ela surgiria, certamente, um jovem diferente. Ele queria crescer... E não via a hora de conhecer o mar...

Em meio à bagunça da escrivaninha, Gabriel começou a reescrever seu discurso. A tarde morria e a noite chegava pela janela. A mãe ligou o rádio. Chico Buarque cantava "Amanhã, ninguém sabe". O garoto prestou atenção na letra. O cantor pedia uma morena e um violão para cantar o amor, antes que o amor acabasse. Gabriel fez uma figa com os dedos e disse:

— O amor não pode acabar, nunca! Sem ele, nós morremos.

Entusiasmado, voltou para o caderno e encheu o discurso de palavras amorosas. Quando sentiu os dedos doendo de tanto escrever, saiu do quarto.

Parado na porta, olhou para a rua deserta. Um céu tingido de vermelho-ouro cobria o horizonte. Depois da tarde calorenta, o vento levantava as folhas secas caídas dos oitis, fazendo-as dançar no ar. Era dezembro de 1966 e ele queria o futuro... Naquele instante havia tanta beleza no mundo que o jovem não se conteve e começou a gritar e a bater palmas. Os vizinhos foram abrindo as janelas, outros saíram para ver o que estava acontecendo. O alto-falante iniciou seu serviço e houve música no ar. De repente, a rua ficou cheia de gente.

Embalado pela música, Gabriel observou a natureza se escondendo sob o véu da noite. O poente tingia-se cada

vez mais de dourado. Ele estava contente por viver aquele dia e desfrutar aquela hora sem se preocupar com mais nada. Estava tão entretido que nem percebeu o carro que estacionou de repente em frente à sua casa. Um moço veio ao seu encontro.

    Ficaram parados olhando um para o outro como se estivessem se reconhecendo. Aquele instante pareceu uma eternidade, até que Ulisses abriu os braços e gritou pelo irmão:

— Gabriel! Você não é mais uma criança!
— Mãe! Mãe, o Ulisses... Ele voltou!
Os irmãos se abraçaram sob os olhares incrédulos da vizinhança. Desconfiada, Eulina chegou até a porta e não disse nada. Os olhos verdes brilharam e o sorriso misturou-se ao choro. O cachorro do vizinho veio correndo fazer festa ao viajante. Parecia que a terra saíra do eixo! Mas em seguida a paz tomou conta dos três, enquanto as luzes da cidade se acendiam.
— Hermes, faz um favor pra mim, menino. Vai até a casa de Gilca e avisa que o Ulisses regressou. Depois, passa na casa do compadre Otaviano e dá o mesmo recado.

O menino deu um pulo e foi cumprir o pedido da vizinha, enquanto ela entrava abraçada aos filhos. Ao fechar a porta, Gabriel viu uma estrela cadente. Estava tão feliz que se esqueceu de fazer um pedido.

A estrada

Ulisses ficou três semanas com a família. Durante os primeiros dias, mãe e filhos conviveram por meio de conversa e afetos. A notícia da morte do pai, aparentemente, não causou forte emoção no recém-chegado. Ouviu o que cada um tinha a falar sobre o assunto. Perguntou o necessário e manteve-se reservado, como se o morto fosse um parente distante, quase um desconhecido. Essa atitude machucou Eulina, mas ela não disse nada. Nem insistiu quando Ulisses recusou ir ao cemitério.

— Pra quê, minha mãe?

Ulisses racionalizou a morte do pai, não se deixando levar pela emoção dos que ainda sentiam a perda. Racionalizou, também, as emoções provocadas pelo seu regresso. Era como se elas pudessem interferir na sua vida, deixando-o vulnerável. Respondia às perguntas e comemorava o regozijo da mãe como se aquilo não estivesse acontecendo com ele, intrigando o irmão caçula. Gabriel não encontrava respostas para aquela atitude. Não via como falar sobre o que passava na sua cabeça.

Assim que o impacto de seu regresso foi absorvido no cotidiano da família, Ulisses retraiu-se mais e mais. Fechou-se em si mesmo, não permitindo indagações sobre sua vida. Gabriel procurava vencer aquela barreira, já que a curiosidade aumentava na mesma medida da reserva de Ulisses.

Quando voltaram da festa de formatura, os irmãos ficaram sentados em frente à porta da rua. Foi aí que Ulisses falou vagamente sobre sua vida, sem contar muita coisa. Para surpresa de Gabriel, ele elogiou seu discurso. E, rindo, disse:

— Gabriel, suas idéias estão muito à esquerda, isso pode prejudicar você!

— Você discorda das minhas idéias, não é, Ulisses?

Sem alterar o volume da voz, mas aborrecido pelo comentário, Ulisses voltou-se para o irmão:

— O que você sabe pra afirmar isso? Não concordo com você, Biel. Eu sou outro homem, penso diferente e por onde ando tenho me preparado... — Ulisses interrompeu sua fala e Gabriel não deixou por menos.

— Por onde você anda, Ulisses? O que é que faz? Até agora não contou nada. A mãe não pergunta, mas está preocupada.

— É melhor para vocês não saberem. Mas saiba de uma coisa... Eu gostei muito das suas palavras. Elas mostram um grau de consciência... Faltam a você maturidade e estudo para aprofundar melhor as questões tratadas no seu discurso. Para mudar o mundo, Gabriel, é preciso muito mais do que belas palavras.

— Precisamos de quê, então?

Gabriel não obteve resposta. Ulisses manteve-se calado. O garoto insistiu e ele desviou o rumo da conversa, perguntando-lhe sobre a viagem para a capital.

— Vai ser bom pra você sair daqui. Na capital você vai encontrar pessoas interessantes, vai arejar a sua cabeça. Você não imagina o que acontece por este mundo... As coisas precisam mudar e vão mudar, Biel.

Ficaram em silêncio. Um resto de lua cheia saiu por detrás das nuvens, clareando um pouco mais a noite.

— Ulisses, você continua sendo um enigma. Você saiu daqui de um jeito, voltou de outro e fico sem saber quem é você.

Ulisses passou a mão na cabeça do irmão.

— Quando fui embora daqui, eu já não era o mesmo. Você só se lembra do adolescente deslumbrado... Vamos dormir, Gabriel. Daqui a alguns dias eu vou partir, mas prometo que dou notícias.

— A mãe gostou de saber que você não está perdido.

Durante o café da manhã, Gabriel contou para Eulina a conversa da noite anterior. Sem conseguir esconder a preocupação, ela tentava de todas as formas se apegar à presença do filho mais velho em casa.

— Deixe seu irmão em paz, Gabriel! Basta que ele esteja entre nós. Isso é o que importa.

— Mãe, Ulisses não conta nada!

— Ele contou muito pra você.

— Contou? Pra mim ele não disse quase nada. Ele disse pra senhora o que é que faz na vida, onde vive?

— Ele disse que vive viajando. Que esteve até no exterior!

— Tá vendo, mãe? Isso me intriga. O mundo é muito grande. Ulisses não diz aonde foi, onde vive! É como se escondesse alguma coisa.

— Ele só me disse que anda fazendo coisas para o bem do país. Que, se algum dia alguém falasse mal dele, eu não deveria me importar. Pelo que entendi... — Eulina fez uma pausa. — Em vez de se preocupar com Ulisses, melhor dar conta da sua viagem.

— E a senhora deixa? Está tudo pronto!

Eulina sorriu por fora. Por dentro sentia dor. Dor por não saber de fato os caminhos do filho mais velho. Dor pelo caçula que partiria para longe. "Mas não pense ele que vou largá-lo por aí como um cão sem dono! Vou vigiar os seus passos, cuidando para que ele não desembeste pelo mundo!"

Eulina conformava-se com a partida, sabendo pelo menos para onde Gabriel seguia. Encontraria forças para ir ao encontro dele todas as vezes que fosse necessário. Quanto a Ulisses, ela pensou: "É confiar na providência divina e na proteção de Nossa Senhora".

Finalmente chegou o dia de Ulisses partir. Ao abraçar o irmão, ele prometeu:

— Quando eu puder, mando uma lembrança de Cuba pra você!

— Cuba? Mas...

— Guarde esse segredo, para o nosso bem!

Ulisses entrou no carro. Gabriel ficou parado, equilibrando-se no meio-fio, sem conseguir disfarçar o espanto causado por aquela revelação tão inesperada.

— Gabriel, ficou surdo, meu filho? O que foi que Ulisses falou que deixou você tão aéreo?

— Nada de mais, mãe!

Eulina entrou em casa com Gilca e Alencar.

Gabriel ficou olhando o carro se afastar rumo à estrada. Dali a um tempo seria ele quem estaria partindo, mas naquele momento isso não tinha a menor importância. O que Ulisses lhe dissera fora tão inesperado que Gabriel não conseguia juntar as peças do quebra-cabeça. Aquela revelação deixou seu mundo de pernas para o ar em tão pouco tempo que era melhor se conter, guardar segredo e esperar. Tudo aquilo que um dia pensara sobre o irmão tinha de ser reavaliado. "Um dia a gente se reencontra e ele vai me contar tudo direitinho! Eu vou dizer a ele o que não tive chance de dizer. Também, ele não deixou! Sacanagem!"

Gabriel entrou batendo a porta atrás de si, surpreso com a notícia e confuso. Não aceitava o fato de o irmão ter revelado seu paradeiro na hora da partida. Sentia-se traído. Teria de apagar da mente aquela informação, pois sabia que, se revelasse o destino do irmão, traria problemas não só para ele, como para a família.

No dia em que Gabriel foi embora, Davina veio cedo, pois havia prometido benzê-lo. Eulina cuidou de tudo, lembrando-se de cada coisa, fazendo o filho repetir onde estava isso e aquilo. Alencar veio com Gilca, que estava com a barriga enorme, entrando nos últimos meses da gravidez. Gabriel, com cara de sono, já que a despedida com os amigos fora até tarde, ia de um lado para o outro esperando a hora de o padrinho chegar.

Neto veio dar uma força. Ele também estava com a viagem marcada para a capital. Os amigos encontraram tempo para piadas e planos.

Isabel, inconformada, passou para despedir-se. Fizeram promessas e juras. Gabriel não tinha certeza de cumpri-las. A professora Zélia estava viajando, mas deixara de lembrança um livro. Estavam todos eufóricos, escondendo a saudade. Gabriel não via a hora de partir. Não queria que as despedidas se prolongassem.

A mala de couro estava arrumada e afivelada. Além dela, levaria uma maleta de mão e um grande embrulho com petiscos. Eulina não ouvira as reclamações de Gabriel. Não queria que seu filho ficasse privado dos doces, sequilhos e guloseimas do interior. Até rapadura colocou no embrulho!

— Mãe, vão rir de mim lá no pensionato!

— Duvido! Não quero você mal alimentado. Quem estuda precisa estar com a barriga cheia. — Enquanto falava, Eulina servia café com leite, biscoito, pão, banana-da-terra, beiju. Gabriel escapuliu até a porta da rua e ficou olhando por onde o carro o levaria.

Passaria pela praça da igreja, depois pela rua principal até a pracinha do obelisco, antiga cisterna transformada em monumento, lembrança dos primórdios da cidade. Depois da praça, o posto de gasolina, os casebres de taipa na periferia... Por fim, a estrada se abrindo, ladeada pelas cercas e pelo mato rasteiro, seco pelo verão escaldante. A estrada... Margeando-a, os pastos, os tanques de água salobra, os bodes e as cabras na claridade da manhã, que se fazia cheia de promessas para o garoto postado na porta à espera. "Todo um futuro…" Gabriel fez uma figa com a mão. O barulho no interior da casa desviou seus pensamentos e ele se voltou para dentro. Seu olhar percorreu a sombra do corredor até se deter na sala, onde a família, o amigo e a namorada conversavam. De repente, sentiu saudade daquilo tudo. Saudade do conhecido, que lhe dava segurança, mas, ao voltar-se novamente para a rua, seu olhar era confiante e seguro. O carro do padrinho apontou em direção à sua casa. Estava chegando a hora da partida.

Abraços, beijos, sorrisos e lágrimas. Gabriel começava a travessia. O carro se afastou. O garoto pensou em Ulisses. Sentiu saudade do irmão. Otaviano animou a partida com palavras afirmativas de coragem e confiança. O motorista ia devagar, dando tempo para que as imagens penetrassem na retina do jovem passageiro. Gabriel olhava pelo vidro traseiro, vendo os acenos da família ficando cada vez mais longe.

A cidade acordava e Gabriel ia embora. De repente, lembrou-se de que a mãe, ao abraçá-lo, colocara alguma coisa no bolso da camisa. Ao abrir o envelope, deu de cara com um retrato do seu pai na porta do Cine Teatro Odeon, os operários levantando o letreiro com o nome do cinema. O garoto sorriu…

A poeira que subia tornava tudo difuso, esmaecido. Gabriel fixou o olhar na linha do horizonte, entregando-se à estrada, deixando-se engolir por ela e engolindo-a. O mundo se punha em movimento e o presente seguia em frente rumo ao futuro…

165

Quer saber?

Você acabou de acompanhar Gabriel na descoberta de si mesmo: do que gostaria de ser, como conseguir... A história se passa no interior de um Estado do Nordeste, há cerca de ~~quarenta~~ anos, numa época em que o Brasil estava mergulhado na ditadura política, passando por crises econômicas e mudanças culturais. Neste "Quer saber?" você vai conhecer um pouco mais sobre esse período tão recente e pouco lembrado.

Um pouco de história

· ·

A ditadura militar no Brasil se instaura a partir do Golpe de 1964. Para entender esses acontecimentos, precisamos voltar no tempo. É nas décadas anteriores a 1960 que residem as razões, principalmente políticas e econômicas, que levaram ao golpe.

1930 é o começo da era Getúlio Vargas e marco da implantação da indústria no País.

As décadas de 1940 e 1950 são o período da instauração real desse processo, quando se desenvolvem as condições políticas que constituirão a base do processo de industrialização posterior.

> *Quem trabalha é que tem razão*
> *Eu digo e não tenho medo de errar*
> *O bonde São Januário*
> *Leva mais um operário*
> *Sou eu que vou trabalhar*
>
> *Antigamente eu não tinha juízo*
> *Mas resolvi garantir meu futuro*
> *Vejam vocês*
>
> *Sou feliz, vivo muito bem*
> *A boemia não dá camisa a ninguém*
> *É, digo bem...*

"O bonde São Januário" é um samba criado em 1941 por Wilson Batista e Ataulfo Alves. Evidencia um tipo de comportamento que deveria ser padrão a todos os brasileiros: ser trabalhador correto e dedicado, sem dar chance para a vadiagem. Pelo menos era essa a propaganda feita pelo governo de Getúlio Vargas, "pai dos pobres", no período conhecido como Estado Novo (1937-1945).

O Brasil dos anos 1950 é retrato de uma industrialização e de um progresso relativo, para poucos. *O glamour de alguns bairros de cidades como o Rio de Janeiro é prova de uma dicotomia social que só tenderia a crescer.*

No plano internacional, o mundo se recompõe dos efeitos da Segunda Guerra Mundial e o processo de internacionalização da economia cresce, aprofundando a dependência dos países atrasados, como o Brasil.

Em meados da década de 1950, o movimento sindical — presente na cena brasileira desde o final do século XIX — começa a se manifestar também em termos políticos, reivindicando espaço para os trabalhadores no cenário nacional. Os anos que se seguem são de organização e movimentação intensas. Os sindicatos e os agrupamentos de esquerda ampliam sua esfera de atuação. Rompe-se a teoria da "paz social" entre operários e patrões defendida pelo Estado brasileiro desde 1930.

1963 é um marco nesse percurso de avanço das forças progressistas na cidade e no campo. Tais manifestações questionam a orientação do processo de industrialização dada pelas elites dominantes. O modelo de industrialização, cada vez mais afinado com os interesses do capital externo, além de aprofundar a subordinação do País às potências estrangeiras, aumenta também a exploração da classe trabalhadora.

Em contraposição, o movimento operário e as forças progressistas se unem numa proposta de desenvolvimento de teor nacionalista. Voltada para o mercado interno, ela pretende incorporar e garantir a participação de amplas massas da população no projeto de desenvolvimento, tendo nas Reformas de Base de 1963 seu ponto alto.

As reações dos militares e dos setores conservadores é rápida e não deixa dúvida: a mobilização popular os atemoriza cada vez mais. Para realizar seu projeto de acumulação, é preciso obrigatoriamente barrar os avanços conquistados pelas forças progressistas até aquele momento.

O Golpe de 1964 acontece com firmes propósitos: defender a democracia da ameaça das agitações sindicalistas e comunistas. Com o apoio dos setores mais conservadores da sociedade brasileira e dos Estados Unidos, os militares assumem o poder.

A mão dos militares evidencia a fragilidade do desenvolvimento capitalista autônomo, democrático e nacionalista, perseguido pelas forças progressistas. É o fim do sonho.

Entre 1940 e 1953, a classe operária brasileira dobra seu contingente, na mesma medida do crescimento da produção industrial nacional. Como dois lados da mesma moeda, o crescimento industrial aumenta as dificuldades econômicas dos trabalhadores, que intensificam sua luta por meio de intensos movimentos grevistas.

"Medo, está bem, Maria, medo!... Eu tive medo sempre!... A história do cinema é mentira! Eu disse porque eu quero sê alguma coisa, eu preciso sê alguma coisa!... Não queria ficá aqui sempre, tá me entendendo? Tá me entendendo? A greve me metia medo. Um medo diferente! Não medo da greve! Medo de sê operário! Medo de não saí nunca mais daqui! Fazê greve é sê mais operário ainda!..."

Trecho da peça *Eles não usam black-tie* (1956), de Gianfrancesco Guarnieri, que conta a história de uma família de operários durante uma greve.

Momentos finais de uma frágil democracia...

No dia 13 de março de 1964, em discurso para 200 mil pessoas em frente à Estação Central do Brasil, no Rio de Janeiro, o presidente João Goulart defendeu a elegibilidade dos analfabetos, a nacionalização das refinarias de petróleo, a reforma urbana e agrária e finalizou com a assinatura de um documento que desapropriava terrenos subutilizados.

Eram propostas que assustavam a classe média e que foram tomadas como um insulto pela elite conservadora, formada pelos grandes proprietários de terras, pelos empresários, apoiada pelas Forças Armadas e pelos Estados Unidos.

O momento havia chegado. Seis dias após o discurso de João Goulart aconteceu a Marcha da Família com Deus pela Liberdade. Organizado pela ala conservadora da Igreja Católica, o evento reuniu cerca de 500 mil pessoas em São Paulo e se opunha ostensivamente ao governo.

Nesses dias tensos, outra rebelião deflagrou a tomada do poder. A Associação dos Marinheiros ignorou uma ordem do ministro da Marinha e promoveu uma reunião sindical.

Jango, como era chamado, não puniu os desobedientes. O Clube Militar e a Aeronáutica apoiaram a Marinha.

A ameaça do golpe de Estado rondava Jango. Ela já havia sido ensaiada diversas vezes por muitos dos mesmos oficiais que forçaram a deposição de Getúlio Vargas em 1954 e instauraram o parlamentarismo em 1961. A intenção, e dessa vez daria certo, era acabar com João Goulart e com a herança populista que ele representava. Não houve resistência. A sociedade civil não se manifestou a seu favor. O Exército estava contra ele. No dia 1º de abril, os generais assumiram a presidência da República.

... que tem uma história antiga

Fim do século XIX: a Europa enfrenta os conflitos decorrentes das contradições que o capitalismo impõe. A França e a Inglaterra colhem os resultados da Revolução Industrial e se lançam à conquista do mundo para a ampliação de mercados.

E, enquanto isso, no Brasil? Dois marcos significativos nos ajudam a entender as diferenças entre esses dois mundos: a abolição da escravatura, em 1888, e a proclamação da República, em 1889. Diferentemente da França e da Inglaterra, que lidaram com tais questões dois séculos antes, somente no final do século XIX o Brasil enfrenta os desafios de instaurar uma nação.

Com uma herança colonial de cinco séculos, uma elite conservadora, uma economia essencialmente agrária e fortemente subordinada aos interesses estrangeiros, o Brasil dá início à construção de sua nacionalidade.

Para entender nossa história recente, precisamos saber do atraso, do conservadorismo e da subordinação que fazem parte dela. A industrialização e o processo de implantação do capitalismo no Brasil trazem a marca dessas raízes. Diferentemente dos exemplos europeus, a burguesia brasileira surge comprometida com a herança colonial e com os interesses agrário-exportadores, sendo incapaz de reproduzir o ideário revolucionário da burguesia iberal dos séculos XVII e XVIII.

Pensando sobre tudo isso, podemos entender a frágil predisposição da burguesia brasileira na defesa da democracia e seu papel secundário no processo de industrialização. O decisivo papel do Estado, a partir da década de 1930, no processo de desenvolvimento de uma estrutura produtiva industrial é exemplo disso. Na verdade, o Estado brasileiro acaba suprindo a fragilidade histórica da nossa burguesia.

O capitalismo brasileiro se instaura por uma via conservadora, pelo alto, conciliando os novos interesses (da industrialização) aos velhos inte-

A pintura "Liberdade conduzindo o povo", do francês Eugène Delacroix, simboliza o sentimento de que o povo finalmente deteria o poder. Ele comemora o levante político de Paris em julho de 1830.

resses (agrários) e excluindo sistematicamente as massas populares do cenário político nacional. Daí seu profundo caráter antidemocrático e antiliberal, razão primeira para a fragilidade da democracia no País — e que explica como o Golpe de 1964 foi tão facilmente manipulado.

> Além do período que se inicia em 1980, o ano de 1946 e um curto período que antecede 1964 são os únicos exemplos de democracia na história do Brasil. Até 1980, esses períodos são de curtíssima duração, conturbados desde o início pela simples possibilidade da presença popular na cena política nacional.

Os anos de chumbo

"Apesar de você, amanhã há de ser outro dia"

"Apesar de você", Chico Buarque, 1970.

O Golpe militar foi o fim do sonho da constituição de um país autônomo política e economicamente e de suas aspirações democráticas. Com ele, vieram as cassações de direitos políticos, a violenta repressão a qualquer forma de oposição, a censura dos meios de comunicação e os exílios forçados. A propaganda militar ganhava força com forte apelo ao patriotismo, e a economia, que estava em crise, vivia uma expansão batizada de "milagre econômico".

Henfil (1944–1988) é considerado um dos mais importantes cartunistas brasileiros. Seu traço crítico e satírico da ditadura militar retrata a situação da política do Brasil da época.

Durante o regime militar, a economia alternou momentos de euforia e recessão. O Produto Interno Bruto (PIB) cresceu, o País se tornou mais rico e industrializado, mas as desigualdades sociais aumentaram, deixando os pobres ainda mais pobres. O dinheiro foi investido em obras de infra-estrutura, a área educacional e os setores sociais ficaram desprestigiados. O chamado "milagre econômico" consistia, na verdade, em um projeto sustentado no congelamento dos salários e na abertura econômica para o capital externo.

Após os primeiros dias do Golpe, coube ao general Castello Branco institucionalizar a ditadura. Foi emitido o Ato Institucional no 1 (AI-1), o primeiro de dezessete atos de exceção criados para legitimar e ditar as novas regras do regime. Logo veio o AI-2, que extinguiu todos os partidos políticos e criou apenas dois: Aliança Renovadora Nacional (Arena) e Movimento Democrático Brasileiro (MDB).

Os atos se seguiram, fortalecendo a linha dura militar conforme cresciam as reações ao Golpe. E as reações não paravam de acontecer.

Em 1968, a polícia prendeu em Ibiúna, no interior de São Paulo, cerca de 700 participantes de um congresso da União Nacional dos Estudantes (UNE). Na capital, alunos de esquerda da Universidade de São Paulo (USP) entraram em conflito com os de direita do Mackenzie, resultando na morte de um aluno. No Rio, outro estudante foi morto pela polícia em um protesto, desencadeando a famosa **Passeata dos Cem Mil**, com o lema "Abaixo a ditadura", a maior afronta feita aos militares até então.

Sob o comando do general Arthur da Costa e Silva, a resposta veio rápido e caiu como um banho de chumbo e sangue na oposição: o AI-5, que suspendeu garantias individuais, fechou o Congresso, cassou mandatos e acabou com os direitos políticos.

Passeata dos Cem Mil. Rio de Janeiro, 26/6/1968.

"Vem vamos embora, que esperar não é saber"

"Pra não dizer que não falei das flores", Geraldo Vandré, 1967.

Os anos mais duros da ditadura levaram jovens idealistas às facções da luta armada. Foi o momento das guerrilhas, que não reuniram mais de algumas centenas de jovens nem conquistaram o apoio da classe média, mas ganharam notoriedade ao assaltarem bancos e promoverem sequestros de embaixadores. O primeiro deles foi do embaixador norte-americano Charles Burke Elbrick, solto em troca da liberação de dez militantes presos, relatado no livro *O que é isso, companheiro?*, de Fernando Gabeira.

É nesse período que aumenta o fluxo de intelectuais, artistas e militantes que se exilam do Brasil. Gilberto Gil, Caetano Veloso, Chico Buarque, Ferreira Gullar e muitos outros saíram — ou foram obrigados a sair — do País.

A radicalização da oposição é o pretexto perfeito para o acirramento do combate pelos militares. Em 1969 é criado o Centro de Operações de Defesa Interna e o Departamento

Manifestação estudantil. Rio de Janeiro, 22/10/1968.

de Operações Internas, o DOI-Codi, na verdade, um aparato oficial de tortura.

Entre prisões e espancamentos, Carlos Marighella, um dos ícones da luta armada, é assassinado em São Paulo. Em 1972, cerca de 69 militantes do Partido Comunista do Brasil (PC do B) são mortos em um foco de guerrilha rural no Araguaia, região da bacia amazônica. A luta armada perde a força, mas a repressão continua. A imprensa está amordaçada, a oposição sem força, as artes sob censura e até mesmo os religiosos progressistas encurralados.

"Quem sabe faz a hora, não espera acontecer"

• •

"Pra não dizer que não falei das flores", Geraldo Vandré, 1967.

O princípio do fim veio em 1975, quando o jornalista Vladimir Herzog foi morto nos porões do DOI-Codi. A arbitrariedade do fato, explicado como suicídio pelos militares, causou forte mobilização popular. A sociedade tomava contato com os métodos cruéis de tortura aplicados pelos militares no silêncio de seus porões.

1978: o Brasil testemunha um dos movimentos grevistas mais radicais de toda a sua história: a paralisação dos trabalhadores metalúrgicos do ABCD paulista (berço de Luiz Inácio Lula da Silva e do Partido dos Trabalhadores). A luta por melhores salários questiona o fundamento da política econômica (o arrocho salarial), põe em xeque a estrutura do regime militar e dá início ao processo de democratização.

As greves que se seguem fortalecem e ampliam os fortes anseios por mudanças contidos à força nas décadas anteriores.

Havia chegado a hora da anistia, ou seja, da volta dos exilados, da cria-

ção dos novos partidos políticos e da legendária **campanha Diretas** Já, em 1984, que levou milhões de pessoas às ruas reivindicando o direito de escolher seu presidente. O movimento não teve sucesso de imediato, já que os brasileiros só foram às urnas em 1989, mas ajudou a eleger, mesmo que indiretamente, o oposicionista Tancredo Neves, o primeiro civil a assumir a presidência após mais de duas décadas de militares no poder.

"É proibido proibir"
Caetano Veloso. 1968

· · · · · · · · · · · · · · · · · · ·

A cultura e as transformações dos anos 1960

[canção popular] 1968. O AI-5 foi decretado. Geraldo Vandré cantava "Pra não dizer que não falei das flores", na qual proclamava urgentemente a luta para mudar a realidade: "Somos todos soldados, armados ou não". De outro lado, Tom Jobim e Chico Buarque buscavam liricamente voltar para um lugar que já não existia e relatavam em "Sabiá" a dura experiência do exílio: "Não vai ser em vão que fiz tantos planos".

Ambas as canções eram retratos de um país perdido. O que mudava era a maneira como colocavam sua indignação: de um lado, a necessidade da luta, numa canção mais engajada; de outro, a melancolia

Os festivais da canção eram importantes canais para a expressão da música popular, numa época em que a censura imperava. A foto mostra uma apresentação do III Festival Internacional da canção, no Rio de Janeiro, em 1968.

Os Mutantes foram um conjunto formado em 1966 por Rita Lee, Arnaldo Baptista e Sérgio Dias. Consagraram-se como um grupo musicalmente criativo e com uma postura de deboche e irreverência. Em 1968 gravaram o clássico LP *Tropicália ou Panis et Circensis* na companhia de Gilberto Gil, Caetano Veloso, Gal Costa, Tom Zé e Nara Leão.

de ver uma terra despedaçada, em versos mais intimistas e líricos. A disputa tomou o palco no 3º Festival Internacional da Canção, em 1968, e quem saiu vencedora foi a canção "Sabiá".

O processo de politização da cultura iniciou-se nos anos 1950 e foi intensificado na década de 1960, quando surgia a MPB, "música popular brasileira". A bossa nova, que nasceu em meados dos anos 1950 e lançou nomes como Tom Jobim, João Gilberto, Vinícius de Moraes e Carlos Lyra, já buscava raízes da música popular brasileira, para transformá-la e revitalizá-la, sempre mostrando a necessidade de conhecer o que era o Brasil, mesmo que de modo intimista.

Um dos promotores da arte realmente engajada e politizada foram os Centros Populares de Cultura da UNE. Sua missão era realizar produções que promovessem a conscientização política.

Ao lado da canção engajada e das baladas da jovem guarda, surgia o tropicalismo. Liderado por Caetano Veloso, esse movimento pretendia ultrapassar as dicotomias ideológicas e misturar elementos da indústria cultural, como a guitarra do rock americano, a coca-cola, a pop art, com a mais pura e tradicional canção popular. A partir dessa mistura, revelava-se o Brasil, com todas as suas wdiferenças e incongruências, como mostra parte da letra de "Tropicália", de 1968.

No pulso esquerdo o bang-bang
Em suas veias corre
muito pouco sangue
Mas seu coração
Balança a um samba de tamborim
Emite acordes dissonantes
Pelos cinco mil alto-falantes
Senhoras e senhores
Ele põe os olhos grandes sobre mim

Cena da peça "Arena conta Zumbi". Rio de Janeiro, 16/12/1965.

[teatro] No teatro, a palavra corrente era experimentação em busca de uma nova estética. Havia o **Arena**, no qual o dramaturgo Augusto Boal procurava provocar a reflexão na platéia a partir de cada encenação, quase sem cenário e com simples figurinos, sempre com fundo político.

O grupo Oficina, de José Celso Martinez Corrêa, que continua ativo, fervilhava e chocava em suas inovações estéticas: na montagem de Roda viva, por exemplo, peça de Chico Buarque de 1967, os atores comiam carne crua durante o espetáculo.

[televisão] A televisão também tinha importante papel na vida cultural daquele momento. Os programas de auditório repetiam o sucesso de público que haviam tido os festivais da canção. Elis Regina e Jair Rodrigues comandavam o programa *O fino da bossa*. Havia também o *Jovem guarda*, com Roberto Carlos, sucesso na época com suas canções dançantes. As gírias e as roupas incrementadas davam o tom do programa, baseadas num estilo de vida no qual o maior sonho era ter um carro vermelho e andar a toda velocidade pelas curvas da estrada de Santos.

[cinema] Os filmes de Nelson Pereira dos Santos tinham aberto o caminho para o Cinema Novo e levavam para as películas as desigualdades sociais e regionais do País. *Vidas secas*, de Nelson Pereira dos Santos, *Deus e o diabo na terra do sol*, de Glauber Rocha (1939-1981), e *Os fuzis*, de Ruy Guerra, foram marcos dessa nova filmografia, todos ambientados no sertão nordestino. *Terra em transe*, filme de Glauber de 1967, era a consolidação de uma geração de cineastas ideologicamente comprometidos, contrários ao modelo de Hollywood.

[artes plásticas] As artes plásticas questionavam os museus e os suportes tradicionais. Entre outros, o artista plástico Hélio Oiticica (1937-1980), já conhecido por sua capacidade de renovar, propunha, naqueles anos 1960, obras que exigiam participação ativa do público. Na década de 1960, o artista criou os "parangolés": tendas, estandartes e capas de vestir que invocavam uma manifestação cultural coletiva, na qual o povo completava a obra artística.

Em 1967, nasceu a exposição *Tropicália*, formada por um tipo de labirinto sem teto que remetia à arquitetura das favelas e revelava mais uma vez o contundente projeto de Oiticica de fazer uma arte que aproximasse o erudito do popular.

O AUTOR

Raimundo Matos de Leão

Recebi meu nome por promessa de minha mãe. Sou de Baixa Grande, cidade entre morros no sertão da Bahia. Na década de 1970, ao me formar como ator e como professor de história, fui para São Paulo. Sou baiano de nascimento e paulista por adoção.

Em Sampa, vivi durante trinta anos. Fiz teatro, televisão, cinema... Um dia, fazendo teatro, descobri que podia escrever. Foi então que fiz a minha primeira peça, *Brincadeiras*. Daí não parei mais. Peguei o gosto e escrevi outras peças e contos. Histórias para crianças e jovens.

Este livro é uma viagem através das memórias de muitos amigos. Ele surgiu também para que eu pudesse dividir com o leitor o significado das perdas vividas. Elas significam muito, mas não podemos nos desesperar. Há sempre uma estrada aberta para o horizonte. Segui-la é o que faz Gabriel. Divirta-se com ele...

O ILUSTRADOR

Vincenzo Scarpellinii

Vincenzo Scarpellini nasceu em Ascoli Piceno, Itália, em 1965, e mudou-se para o Brasil em 1996. Designer gráfico, jornalista e artista plástico, reelaborou o projeto gráfico de grandes periódicos, como o jornal *Folha de S.Paulo* e a extinta revista *Manchete*. Também escreveu livros infantis como *A invasão dos sons espaciais* e *A turma do ponto* Seus desenhos, óleos e cerâmicas foram expostos em São Paulo e em sua cidade natal. Morreu precocemente em 2006.